Hugo Wiener

Das kann nur mir passieren

Hugo Wiener

Das kann nur mir passieren

Neue Satiren

Mit Zeichnungen von Rudolf Angerer

Amalthea

2. Auflage 1991

Umschlagzeichnung: Rudolf Angerer, Wien
Satz: Fotosatz Völkl, Germering bei München
Druck und Bindung: Wiener Verlag, Himberg bei Wien
Printed in Austria 1991
ISBN 3-85002-235-8

Inhalt

Vorwort

Wozu? Um den lieben Leser auf die folgenden literarischen Schätze vorzubereiten und ihm klarzumachen, warum dieses Buch »DAS KANN NUR MIR PASSIEREN« heißen *muß* und nicht anders heißen *kann.* Natürlich könnte es anders heißen, aber das braucht der liebe Leser nicht zu wissen. Der Titel eines Satirenbandes hat ja selten etwas mit dem Inhalt desselben zu tun. Aber warum grad »DAS KANN NUR MIR PASSIEREN«? Weil es wirklich Dinge gibt, die nur mir passieren können. Oder?

Ich besitze noch einen Hausarzt. Dr. Merzenberger. Aufmerksame Hugo-Wiener-Leser werden ihn kennen. Nun: Dr. Merzenberger feierte seinen 60. Geburtstag und gab aus diesem Grund eine Party. Eine Geburtstagsparty. Er lud einige Freunde ein, einige Patienten und mich. Warum gerade mich? Er erklärte es mir:

»Von meinen vier Freunden, die ich habe, haben bereits fünf abgesagt. Von meinen Patienten kommen eine Krampfadernverödung, zwei Gallenblasenentzündungen, vier Überschüsse an Magensäure und ein erhöhter Blutdruck. Es wird nicht allzu lustig werden. Andererseits erwarte ich aber einen ordentlichen Universitätsprofessor, Dr. Fröhlich, der mir versprochen hat, mir den Medizinalratstitel zu verschaffen. Ich muß also trachten, ihn zu unterhalten. Für gewöhnliche Witze hat er nichts übrig, die sind ihm zu dumm. Wenn aber *Sie* anfangen mit Ihren Aphoris-

men zu jonglieren, wird ihm das sicherlich imponieren. Sagen Sie also bitte nicht nein.« Ich fühlte mich geschmeichelt, also machte ich ihm die Freude. (Übrigens: »Fröhlich« ist ein Pseudonym. Sie werden fragen, warum gerade »Fröhlich«? Weil der Professor ein so grunderster Mensch ist, daß man bei diesem Namen unmöglich auf ihn kommen kann.)
Die Party kam heran, ich war sofort von Gästen umgeben, meine Aphorismen schlugen ein, die Gäste lachten und unterhielten sich, als Professor Dr. Fröhlich erschien. Schwarzer Anzug, schwarze Krawatte, schwarzer Vollbart – ein Bild der Würde.
Merzenberger machte ihn mit den Anwesenden bekannt – alle betrachteten den »Ordentlichen« mit der ihm gebührenden Hochachtung. Es wird nicht leicht sein, den zu unterhalten, dachte ich, also fuhr ich gleich mit dem schwersten Geschütz los, mit einem Aphorismus, den meine Leser kennen werden, weil ich ihn mit Vorliebe gebrauche. Als die Rede auf die Ärzteschaft kam, sagte ich, als ob es mir eben eingefallen wäre: »Gehen Sie nie zu einem Arzt, den Ihnen ein Leichenbestatter empfohlen hat.« Bisher hatte ich mit diesem Ausspruch immer Erfolg gehabt, heute aber sah alles nur auf den ordentlichen Universitätsprofessor, der bei meinen Worten zusammenzuckte, als ob ihn der bekannte Peitschenhieb getroffen hätte.
»Ich finde diese Bemerkung äußerst seltsam«, sagte er frostig, »um nicht zu sagen geschmacklos. Ich bin Mitglied der Gesellschaft für Menschenrechte. Was Sie eben gesagt haben, ist die Diskriminierung eines Berufsstandes, des Berufsstandes der Leichenbestat-

ter, der es bei den heutigen Zeiten ebenso schwer hat wie jeder andere.«
»Ja aber ...«, wollte ich sagen, aber der Professor ließ es nicht dazu kommen.
»Wollen Sie es leugnen?« unterbrach er mich. »Sie unterstellen dem Leichenbestatter die Bestechung des Arztes, der den Patienten zum Tod befördern soll, nur um ihm – dem Leichenbestatter – ein Begräbnis zu vermitteln.« Die Anwesenden rückten, leicht angeekelt, von mir ab.
»Das wollte ich wirklich nicht«, versuchte ich mich zu rechtfertigen, aber ich hatte keine Chance.
»Doch! Gerade das wollten Sie!« sagte der Professor mit drohend erhobener Stimme. »Und was noch schlimmer ist – Sie beschmutzen die Ärzteschaft. Sie besudeln die armen Eltern, die sich jahrzehntelang das Studium ihres Sohnes vom Mund absparen mußten. Sie beleidigen den Schüler, den Studenten, der Tag und Nacht über den Büchern sitzt, bis er es endlich zum Arzt bringt, nur damit er von Ihnen der Komplizenschaft mit dem Leichenbestatter und des Mordes an seinen Patienten bezichtigt wird.« Er wandte sich an Dr. Merzenberger, der eben von dem erträumten »Medizinalrat« Abschied nahm. »Ich gratuliere Ihnen zum Geburtstag, Herr Kollege«, sagte er. »Ich muß leider gehen, ich habe noch einen Termin.« Er verbeugte sich kurz vor den Anwesenden und verließ die Party. Merzenberger warf mir einen bösen Blick zu, die anderen sahen mich verächtlich an – ich stand da, arm, geächtet, verlassen.
Das kann nur mir passieren. Oder:

Johnny Ellinger war mein Schulkamerad. Wir saßen von der Volksschule bis zur Matura in derselben Klasse, wir besuchten dieselbe Tanzschule, wir verehrten dieselben Mädchen. Dann trennten sich unsere Wege. Johnny ging nach den Staaten, heiratete nach Los Angeles, kam aber immer wieder nach Wien, um die Stadt und auch mich zu besuchen. Nun erfuhr ich durch einen anderen Klassenkameraden, daß Johnny krank sei und daß er sich freuen würde, wenn ich ihn besuchte. Fällig war es ja schon längst. Ich erledigte meine Arbeiten, verschob meine Termine, traf sämtliche Reisevorbereitungen, Paß, Visum, Flugkarte, war bis zum letzten Augenblick im Streß, raste zum Flughafen, bestieg das Flugzeug, flog nach Los Angeles, kam an, stieg aus dem Flugzeug und erinnerte mich, daß Johnny vor einem Jahr nach Wien übersiedelt war.
Das kann nur mir passieren. Oder:

Ich wurde vom Präsidenten eines bekannten Service-Clubs gebeten, bei dem nächsten Clubmeeting aus meinem letzten Buch zu lesen, und kam dieser Aufforderung gerne nach. Wie es der Zufall will, war der Präsident an dem betreffenden Abend an Grippe erkrankt, und so übernahm es der Sekretär, mich anzukündigen.
»Meine Damen und Herren«, begann er, »ich bringe jetzt einen Gast, der Ihnen allen ein Begriff sein wird. Er gehört nicht nur zu den prominentesten Schriftstellern unseres Landes – sein Name ist im ganzen deutschen Sprachraum bekannt. In Hamburg wie in

Düsseldorf, in Basel wie in Zürich. Ich glaube, in Österreich gibt es kein Heim, in dem man seinen Namen und seine Werke nicht kennt. Es ist … es ist …« Er wandte sich hilfesuchend an mich und fragte: »*Wie* heißen Sie?« Das kann nur mir passieren. Und doch will ich Ihnen im folgenden einige Geschichten erzählen, die nicht nur mir, die jedem von uns passieren können. Ihnen, Ihnen und Ihnen. Es denkt nur jeder von sich:

Das kann nur mir passieren!

Es gibt drei Arten von Sorgen: die, die man gestern hatte, die, die man heute hat, und die, die man morgen haben wird. Ich weiß, es ist zwecklos, aber

Ich mache mir Sorgen

Ich mache mir Sorgen. Worüber, werden Sie fragen. Über alles. Über die Vergangenheit, über die Gegenwart, über die Zukunft. Was die Vergangenheit betrifft, habe ich alles richtig gemacht? War es richtig von mir, anstatt Bankbeamter zu werden, wie es der Wunsch meiner Eltern war, zum Theater gehen zu wollen? Ich ging, aber war es richtig? Nach einem Jahr sagte mein Direktor zu mir, daß er mich entlassen müsse, weil ihm das ewige Geschimpfe auf die Nerven gehe. Auf meinen Einwand, daß ich niemals geschimpft habe, sagte er: »Sie nicht, aber das Publikum.« Ich gab auf und wurde Textdichter. War das klug von mir? Hätte ich nicht ausharren sollen? Vielleicht wäre ich ein zweiter Pallenberg geworden oder ein zweiter Hans Moser, die ja auch erst nach Jahren ihre großen Erfolge hatten? Und wie wäre es gekommen, wenn ich mich doch für die Banklaufbahn entschieden hätte? Hätte ich mein Leben hinter dem Schalter einer kleinen Bank vertrauert, oder hätte ich das Glück gehabt, in einer Großbank von einem Bankräuber überfallen und als Geisel genommen zu werden? Mein Bild wäre groß in der Zeitung gewesen, und alle Leute, die mich auf der Straße oder sonstwo gesehen hätten, hätten gesagt: »Das ist doch der, den der Bankräuber ...« usw. Ich hätte Publicity gehabt. Was wäre aber gewesen, wenn mich der Bankräuber erschossen hätte? Mein Bild wäre wohl auch in der Zeitung gewesen, sogar größer und auf der ersten Seite, aber ich hätte nichts mehr davon gehabt. Ich schrieb also Schlager, die niemand kannte, Greens, die niemals Evergreens wurden. Und was ist heute?

Ist es richtig, daß ich diese Geschichte schreibe? Wie wird sie enden? Ich habe noch keine Pointe. Und wenn ich schon bei der ersten Geschichte dieses Buches keine Pointe habe, wie wird es dann mit den andern zirka neununddreißig Geschichten sein, die mir noch fehlen? Die Leute sagen immer: »Sie schütteln Ihre Geschichten aus dem Ärmel.« Wenn die wüßten! Ich sitze da, klopfe auf den Kugelschreiber und nage an meiner Schreibmaschine. Glauben Sie, es fällt mir etwas ein? Fällt mir nicht ein. Wie wird das in Zukunft sein? Wird es überhaupt eine Zukunft geben? Stehen wir nicht vor dem Untergang des Abendlandes und sämtlicher anderer Länder? Was wird mit den Menschen sein, die den Weltuntergang erleben werden? Ich mache mir Sorgen um sie. Warum eigentlich? Machen sie sich Sorgen um mich? Nein. Sie können sich gar keine machen, weil sie mich nicht kennen.

Trotzdem. Ich mache mir Sorgen. Ich kann nicht schlafen, ich nehme Schlafmittel, meistens zu spät, so daß ich morgens müde aus dem Bett krieche, nehme Weckamine, meistens zu früh, so daß sie mich wohl aufrichten, aber nicht lange genug, ungefähr bis zehn Uhr. Dann kommt die Post und mit ihr der Einzug der Erlagscheine. Strom, Gas, Telefon, Finanzamt – ich breche zusammen. Ich gehe ins Kaffeehaus, dort sitzt mein Freund Joschi, der mich anpumpen will. Woher ich das weiß? Weil mein Freund Joschi immer im Kaffeehaus sitzt und mich anpumpen will. Zum Glück sieht er mich nicht. Ich gehe also durch die Drehtür, durch die ich hereingekommen bin, wieder hinaus. Wohin? In ein anderes Kaffeehaus. Dort sitzen meine Freunde Robinson, Wronsky und Spannagl. Ich möchte sie heute nicht treffen. Sie sind so unbeschwert, und ich habe Sorgen. Ich schleppe mich nach Hause, lege mich hin und schlafe ein. Bei Tag kann ich schlafen, bei Nacht nicht. Es wird Abend, meine Frau und ich sitzen vor dem Bildschirm. Dallas. Ein weibliches Wesen steigt aus dem Swimmingpool.

»Alexis!« sage ich erfreut.

»Pam Ewing!« entgegnet meine Frau gereizt. »Alexis ist in Denver.«

»Und wo ist Sue-Ellen?«

»In Dallas.«

»Und Professor Brinkmann?«

»In der Schwarzwaldklinik.« Meine Frau verliert die Geduld. Ich kann nichts dafür. Wir waren zu Hause eine problemlose Familie, und jetzt muß ich mir über die Probleme so vieler Fernsehfamilien den Kopf zerbrechen. Ich mache mir Sorgen um meinen Verstand. Vanessa Redgrave sagte einmal: »Ich habe immer geglaubt, das Fernsehen wird eines Tages zur Folge haben, daß die Leute mehr Bücher kaufen und mehr lesen werden. Das war falsch gedacht. Sie kaufen mehr Fernsehgeräte.« Ich mache mir Sorgen. Ein schrecklicher Aspekt. Wenn die Leute keine Bücher mehr kaufen, wer wird sie verlegen? Von wem werde ich einen Vorschuß bekommen? »Du gehst morgen zum Arzt«, befahl mir meine Frau.

»Ich denke nicht daran«, sagte ich mit fester Stimme – am nächsten Tag war ich bei unserem Hausarzt Dr. Merzenberger.

Ich schilderte ihm meine Zustände. »Sie sind der gesündeste Patient in meiner Kartothek«, sagte Merzenberger, nachdem er mich untersucht hatte. »Organisch«, setzte er hinzu. »Nervlich sind Sie am Hund. Spannen Sie aus, fahren Sie in eine Kuranstalt. Das Beste für Sie wäre ein Kneippkur.«
Ich erzählte es meiner Frau, einem fanatischen Kneippfan. »Das wird nicht so einfach sein«, meinte sie, »um diese Zeit sind die Anstalten ausgebucht, aber ich werde es versuchen.« Sie rief eine Kuranstalt nach der anderen an – bei der vierten hatte sie Glück. Jemand hatte storniert, ich bekam bereits für den nächsten Tag ein Zimmer. Nun bin ich grade kein ausgesprochener Kurmensch, aber diesmal sah ich die Dringlichkeit ein.
Ich fuhr also los, wurde in der Anstalt freundlichst empfangen, man führte mich auf mein Zimmer, einen hellen Raum mit einem kleinen Balkon, von dem aus ich in den gepflegten Garten sah – es gefiel mir hier. Ich hatte grade noch Zeit, meinen Koffer auszupakken, dann hatte ich schon einen Termin beim Kurarzt. Ich berichtete ihm von meinen Sorgen. Er untersuchte mich. »An Ihrer Stelle würde ich mir auch Sorgen machen«, sagte er dann, »Sie sind nicht nur mit Ihren Nerven total fertig, Sie sind auch zu dick, aber das kriegen wir schon hin. Ich schreibe Ihnen auf, was Sie zu tun haben, und morgen fangen Sie an.« Er schrieb ungefähr eine Viertelstunde, dann übergab er mir die genaue Liste mit allen Anwendungen, die ich über mich ergehen lassen mußte. (In den Kneippbädern heißen die Behandlungen Anwendungen.) Am

ersten Tag befolgte ich sie genau. Am Abend rief meine Frau an, wie wir es besprochen hatten.
»Hallo!« sagte ich am Telefon. »Wie es mir geht? Ausgezeichnet. Ich bin begeistert. Du hättest mich in keine bessere Anstalt schicken können. Hier herrscht eine Disziplin – es geht alles auf die Minute. Punkt sechs Uhr früh kommt eine Schwester zu mir aufs Zimmer und macht mir einen eiskalten Salzwickel, punkt sieben mache ich Gymnastik, punkt acht bekomme ich das Frühstück, Kräutertee mit Magertopfen, punkt acht Uhr dreißig trinke ich einen Lebertee und gehe in die Sauna, punkt neun trinke ich einen Gallentee und bekomme eine Vollmassage, punkt zehn trinke ich einen Nierentee und muß eine Stunde ruhen, punkt elf mache ich einen Spaziergang, punkt zwölf bekomme ich das Mittagessen, Rohkost mit Buttermilch, punkt eins trinke ich einen Lebertee, punkt zwei muß ich ruhen, punkt drei trinke ich einen Gallentee und mache Yoga, punkt vier bekomme ich eine Fußzonenmassage, punkt fünf trinke ich einen Nierentee und gehe spazieren, punkt sechs kommt das Abendessen, Rohkost mit Buttermilch, punkt sieben trinke ich einen Lebertee, punkt acht muß ich wassertreten, punkt neun fahre ich nach Hause und bitte dich, mich punkt zwölf am Bahnhof zu erwarten.«

Ich habe Sorgen. Sorgen, was meine Frau sagen wird, wenn ich aus dem Zug steige.

»Jonathan Stöbsel« (Pseudonym eines steirischen Meisters im Erfinden von Aphorismen) schreibt in seinem »Lehrbuch der Stöbsologie«:
»Am Anfang war das Chaos. Dann schuf GOTT *Himmel und Erde. Um den alten Zustand wiederherzustellen, erschuf* ER *den Menschen.«*
Ich ergänze Stöbsels Weisheit: »Und ER *teilte sie in zwei Klassen.«*

Die Kinder Gottes und die Kinder der Welt

Als die Welt nach ihrer Erschaffung in all ihrer Zier wunderschön vor ihrem Schöpfer stand, sprach sie zu ihm: »Herr, was willst Du jetzt mit mir anfangen?«
»Tja«, sprach der liebe Gott und kratzte sich hinter dem Ohr. »Ich will dich von Menschen bevölkern lassen.«
»Von Menschen?« Die Welt zog ein argwöhnisches Gesicht, wodurch sich die gewaltigen Gesteinsmassive, die sich auf ihr befanden, in Berge und Täler teilten. »Ich sehe einstweilen nur Tiere auf meinen Gefilden«, setzte sie fort. »Diese Menschen mußt Du also erst erschaffen.«
»Richtig«, sprach der liebe Gott.
»Und wie sollen diese neuen Geschöpfe ausschauen?« fragte die Welt neugierig. Erwartungsvoll sah sie zu ihrem Schöpfer auf, und durch das Licht, das von ihm ausging, das aber nicht überall hindringen konnte, entstand auf ihr eine warme und eine kalte Zone.
»Tja«, sagte der liebe Gott und kratzte sich nochmals hinter dem Ohr. »Weißt du, ich habe da so eine Vorstellung, ich will sie nach meinem Bild und Gleichnis erschaffen.«
»Hm«, meinte die Welt. »Ein toller Plan. Hoffentlich geht die Sache nicht schief.« Sie schüttelte zweifelnd den Kopf, wodurch alles Leben, das sich bereits auf ihr gebildet hatte, durcheinanderpurzelte, so daß Wiesen und Wälder, Blumen und Felder, die bisher auf einem Platz beisammen gestanden hatten, sich plötzlich über die ganze Welt verteilten.
»Schief?« wiederholte der liebe Gott und zupfte an seinem Bart.

»Ich hoffe nicht.«
»Herr«, sprach die Welt, »ich hätte eine Bitte. Könntest DU mir vielleicht diese Menschen, die in DEINER Vorstellung schweben, in einem Traumgesicht zeigen, damit ich sehe, welch neue Geschöpfe ich zu tragen bekomme?«
»Gerne«, erwiderte der liebe Gott und zeigte der Erde in einem schier endlosen Traumgesicht all die Menschen, die sie im Laufe der Zeiten bevölkern sollten, von den allerersten bis zu den allerletzten. Die Welt besah sich die vielen, vielen Menschen ganz genau, der Reihe nach, von oben bis unten. An manchen blieb ihr Blick sogar mit Wohlgefallen hängen.
Schließlich fragte die Welt ihren Schöpfer: »Für wen hast DU diese Menschen gemacht? Für DICH oder für mich?«
»Teils – teils«, gab Gott bescheiden zur Antwort.
»O. k.«, sagte die Welt. »Dann hätte ich eine Bitte. Darf ich mir meinen Teil selber aussuchen?«
Der liebe Gott nickte gütig. »Du darfst.«
»Danke«, flötete die Welt und begann sofort mit der Musterung. Sie suchte sich die Schönsten, die Besten, die Gescheitesten, die Tüchtigsten und die Stärksten aus. Die Schwachen überließ sie dem lieben Gott. Die Erde nannte die ihren »Kinder der Welt«, der Herr die seinen »Kinder Gottes«.
Und damit begann die Misere der Welt und die Misere der Religion, denn die Kinder der Welt fielen über die Erde her, beuteten sie aus und brachten sie an den Rand des Ruins.

Na und mit den seinen hat der liebe Gott auch immer seine liebe Not.

»Wir lieben Gott«, sagt Ed Howe, »aber wir fragen uns oft, wieso liebt er uns?«

Die Einsamkeit ist der Feind des Menschen. Besser schlechte Gesellschaft als gar keine, denn ohne Gesellschaft ist der Mensch einsam, und ... (siehe oben).

Die Einsamkeit der Bedienerin

Meine Frau war verzweifelt. Warum? Frau Lechner hat uns verlassen. Frau Lechner war unsere Bedienerin, treu, ehrlich und fleißig, einige Jahre lang. Nun war ihr Mann in Pension gegangen, die beiden hatten ein Landhaus in Kärnten, sie wollte nicht mehr arbeiten.

»Du wirst eine andere bekommen«, tröstete ich meine Frau.

»Das sagst *du*«, antwortete sie, »weil du nicht weißt, wie schwer es ist, eine Bedienerin zu finden.«

»Ich weiß, wie schwer es ist«, gab ich ihr recht, »aber wenn es *mir* gelungen ist, den einzigen Reim auf ›pispern‹ zu finden – nämlich ›wispern‹ –, wird es *dir* gelingen, eine Bedienerin zu finden.«

»Was ist ›pispern‹?« fragte meine Frau erstaunt.

»Der einzige Reim auf ›wispern‹«, entgegnete ich. Unverständlicherweise war meine Frau trotz dieses herrlichen Scherzes weiterhin verzweifelt. Drei Tage hindurch. Dann fand sie eine Bedienerin: Frau Haberl.

Frau Haberl war treu, ehrlich und fleißig – und noch etwas: Sie hatte früher in der Chefetage eines Großbetriebes gearbeitet und hatte gewisse Umgangsformen. Eines Tages ließen wir sie allein in der Wohnung. Als ich nach Hause kam, fragte ich: »War jemand hier?« »Ja«, sagte Frau Haberl, »ein Herr, der Ihnen eine Ohrfeige geben wollte.« »Was haben Sie gesagt?« fragte ich erschrocken. Drauf Frau Haberl: »Ich habe gefragt, in welcher Angelegenheit?« Um es gleich vorwegzunehmen, die Ohrfeige war nicht mir vermeint. Der Herr hatte sich in der Wohnungstür geirrt.

Bald darauf verließ uns auch Frau Haberl. Ein entfernter Verwandter, der in München lebte und den sie seit Jahren nicht gesehen hatte, setzte sie zu seiner Erbin ein und war so anständig, bald darauf zu sterben. Sie erbte nicht viel: ein Häuschen, einen Wagen und dreißigtausend Mark. Das Häuschen war so feucht, daß sie an dem Bild ihres verstorbenen Gatten einen Scheibenwischer anbringen mußte, der Wagen war in einem Zustand, daß, sooft sie wo parkte, ein Polizist kam und fragte, ob sie den Unfall schon angezeigt habe – aber die dreißigtausend Mark waren dreißigtausend Mark. Nun gibt es solche Erben und solche. Als mein Freund Joschi einmal von einem Onkel fünfzigtausend Schilling erbte und ich es wagte, ihm zu sagen: »Jetzt könntest du mir doch endlich einen Teil des Geldes zurückzahlen, das du mir schuldig bist«, bemerkte er: »Ich finde es reichlich geschmacklos von dir, aus einem so traurigen Ereignis Kapital schlagen zu wollen.« Frau Haberl beschloß, nicht mehr zu arbeiten – Joschi konnte das nicht, weil er nie gearbeitet hatte.

Von dieser Zeit an hatten wir einige Wochen hindurch immer drei Bedienerinnen: eine, die da war, eine, die ging, und eine, die kam. Die erste, die da war, war Frau Heizer. Sie war treu, fleißig, aber nicht ehrlich. Sie stahl. Sie stahl nichts Besonderes, bloß zwei Handtücher, aber grad die schönen aus dem Hotel in Venedig. Nun war sie die, die ging, und die, die kam, war Frau Metzger. Eines Tages wurde sie Großmutter und mußte babysitten. »Na«, sagte ich jovial, als ich mich von ihr verabschiedete, »jetzt, wo Ihre

Tochter ein Kind hat, wird sie doch bald heiraten?«
»Ach nein«, antwortete sie, »zum Heiraten ist sie zu jung.« Nun kam Frau Ü., eine Gastarbeiterin. Ich will nicht verraten, woher sie kam, aber meine Frau dankte Allah und allen Propheten, daß sie sie gefunden hatte. Leider: Frau Ü. bekam Depressionen. Wir schickten sie zu Dr. Merzenberger. Dr. Merzenberger untersuchte sie und sagte: »Nehmen Sie einen großen Bottich, füllen Sie ihn mit Wasser, geben Sie ein Kilo Hammelfleisch sowie einige Kilo Knoblauch und Zwiebel hinein, machen Sie sich aus der Brühe einen Brustumschlag, und saugen Sie den Duft durch die Nase ein.« Frau Ü. tat es und wurde gesund. Als sie es Merzenberger mitteilte, sagte er: »Ich habe es gewußt. Heimweh.« Frau Ü. fuhr in ihre Heimat zurück.
Wieder stand meine Frau ohne Bedienerin da, und wieder war sie verzweifelt. »Du wirst eine finden«, tröstete ich sie. »Wenn es in der Antike gelungen ist, den Stein der Weisen zu finden, wird es *dir* gelingen, eine Bedienerin zu finden.« Sie fand eine: Frau Wonesch, empfohlen von Frau Direktor Zeuger, der Präsidentin des Bridgeklubs, in dem meine Frau Mitglied war.
»Sie müssen wissen«, hatte Frau Direktor Zeuger ihr erklärt, »Frau Wonesch arbeitete einige Jahre bei mir, ging in Pension, hat etwas erspart, bekommt noch heute Alimente von ihrem geschiedenen Mann, aber sie beging einen Fehler. Sie übersiedelte in eine andere Gegend, tauschte ihre große Wohnung in einem kleinen Haus gegen eine kleine Wohnung in einem gro-

ßen Haus, verlor ihre alten Freunde und gewann keine neuen – kurz, was ihr fehlt, ist eine Ansprache, jemand, mit dem sie reden kann, und deshalb würde sie gern wieder einen Posten als Bedienerin annehmen, auch wenn sie es finanziell nicht nötig hat. Ich werde sie Ihnen schicken.« Sie schickte sie.

Frau Direktor Zeuger hatte recht: Frau Wonesch brauchte eine Ansprache. Sie bewies es gleich bei ihrem Antrittsbesuch.

»Ich hätte mir ja nie gedacht«, begann sie, »daß ich noch einmal arbeiten würde, aber als alleinstehende Frau ist man ja ein Niemand. Man hat keine Freunde, keine Bekannten, geht man in ein Restaurant, ist man ein Gast zweiter Güte, sitzt man beim Fernsehen, hat man keinen Menschen, mit dem man auf das Programm schimpfen kann, in diesen Betonburgen gibt es ja nicht einmal einen Nachbarn, der sich um einen kümmert. Ich hätte mich ja niemals scheiden lassen, auch wenn mich mein Mann dauernd betrogen hat, aber –« Frau Wonesch holte Atem, meine Frau versuchte etwas zu sagen, aber sie hatte keine Chance, Frau Wonesch sprach schon wieder weiter, »*er* wollte es. Kennen lernte ich ihn in der U-Bahn, er kokettierte mit mir, ich wußte ja nicht, daß er das mit einer jeden macht. Als ich ausstieg, stieg er auch aus und fragte: ›Gehen Sie in Richtung Oper?‹ Ich sagte: ›Nein‹, drauf sagte er: ›Ich auch nicht – da können wir ja zusammen gehen.‹ Fünfzehn Jahre waren wir verheiratet, ein Leben führte er wie ein Pascha, bedienen ließ er sich, am Sonntag mußte ich ihm den Kaffee ans Bett bringen, gestritten haben wir, dabei dachten die Leute, daß wir so glücklich sind, weil wir immer Händchen hielten. Hätten wir nicht Händchen gehalten, hätten wir uns erschlagen. Neulich habe ich Frau Janetschek getroffen, unsere frühere Hausbesorgerin, die sagte mir, daß er es schon bereut. Eine Frau wie mich wird er nicht so bald finden, weil ich keine von denen bin, die einen Mann nervös machen. Da gibt es ja Frauen, die reden und reden, aber –«, unterbrach sie sich plötzlich, »ich rede ja auch, anstatt zu arbeiten. Wenn Sie mir zeigen würden, wo ich anfangen soll?« »Heute«, sagte meine Frau, und ich merkte, daß sie auf dem Punkt war, an dem sie begann, die Nerven zu verlieren, »machen wir es kurz. Heute räumen Sie nur das Zimmer meines Mannes auf.« »Bitte«, sagte Frau Wonesch. »Ich werde Ihnen zeigen, daß ich noch arbeiten kann, auch wenn ich es lange nicht getan habe.« Wir ließen sie allein. Nach einer Stunde war sie fertig. Sie versprach meiner Frau, dreimal in der Woche zu kommen – Montag, Mittwoch, Freitag –, und ging.

»Flink *ist* sie«, sagte meine Frau anerkennend, nachdem Frau Wonesch uns verlassen hatte. »Schauen wir, was sie gemacht hat.« Sie hatte viel gemacht. Von meiner Schreibtischuhr hatte sie das Glas zerbrochen, aus dem großen Bücherregal hatte sie die Bücher herausgenommen, abgestaubt und wieder hineingestellt, natürlich durcheinander, so daß nach dem ersten Band Goethe der zweite Band Schiller, der dritte Band Shakespeare und der vierte Band Karl May kam, von der kleinen Nestroyfigur, dem Lieblingsstück meiner Biedermeiersammlung, hatte sie den kleinen

Finger abgebrochen, er lag neben der abgebrochenen Nase von Ferdinand Raimund, und, was das Schlimmste war, sie hatte einen Kurzschluß verursacht. Kein Licht, kein Fernsehen, kein Elektriker.

»Die muß weg!« sagte ich wütend.

»Das ist ausgeschlossen«, meinte meine Frau. »Was würde Frau Zeuger dazu sagen!«

»Was Frau Zeuger sagt, ist mir egal!« tobte ich. »Diese Person wird es noch schaffen, den Bösendorfer zu ruinieren!«

Sie schaffte es. Sie öffnete den oberen Deckel des Klaviers, putzte Saite um Saite mit einem Reinigungsmittel, welches man ansonsten zum Reinigen von Badewannen benützt, putzte die Hämmerchen mit Wasser und Seife, wusch den Goldrahmen im Inneren des Klaviers mit Essig, damit er mehr Glanz bekomme, stellte die Essigflasche in das Klavier, warf sie um, der Essig ergoß sich auf die Mechanik, die Mechanik wurde sauer, und im Nu hatten wir anstatt eines Konzertflügels aus der Zeit der Monarchie, an dem der alte Bösendorfer noch mitgearbeitet hatte, ein Klavier, das klang wie das Spinett von Mozart, wenn es verstimmt war.

»Die muß weg!« schrie ich wieder.

»Warte noch!« sagte meine Frau. »Denke an Frau Zeuger! Schließlich kauft ihr Mann jedes Jahr vor Weihnachten ein paar hundert deiner Bücher für seine Geschäftsfreunde!«

Das stimmte. Und doch: Etwas mußte geschehen, und ich wußte auch schon was. Wenn wir Frau Wo-

nesch nicht entlassen können, muß sie von selber gehen. Aber wie stellt man das an?
Am Abend kamen mein Schwager Walter Goldmann, seine Frau Hermine und sein Sohn Ladi, damals zehn, zum Abendessen zu uns, und plötzlich hatte ich die Idee des Jahres: Ladi. Wenn der Lausbub überhaupt zu etwas gut war, dann zur Ausführung meines Planes. Es gelang mir, im Laufe des Abends unter vier Augen mit ihm zu sprechen, und ich sagte ihm ein Erfolgshonorar von zweihundert Schilling zu, wenn es ihm gelingen sollte, Frau Wonesch verschwinden zu lassen.
»Mord?« fragte er kaltblütig. Er sah zu viele Krimis.
»Um Gottes willen, nein!« sagte ich. »Sie soll nur die Lust verlieren, weiterhin zu uns zu kommen.«
»Okay«, sagte er nach Art der amerikanischen Gangster. »Wenn du mir die Bullen vom Hals hältst. Und noch etwas: Hundert Mäuse im voraus.«
»Hier.« Ich gab ihm hundert Schilling, denn daß ein Schilling eine Maus war, das wußte ich. Ich sah ja schließlich ebenfalls Krimis. Wir schlossen den Vertrag mit einem Händedruck. Seinen Vorschlag, seinen und meinen Arm mit einem Messer zu ritzen und, anstatt eines Eides, unser Blut zu vermengen, lehnte ich ab. Meine Frau wußte natürlich nichts von unserem Abkommen.
Am nächsten Morgen, während sie noch schlief, ließ ich ihn leise ein. Ich schlich mich ins Schlafzimmer zurück, legte mich vorsichtig, um meine Frau ja nicht zu wecken, ins Bett, nach einer Stunde stand ich auf, sagte scheinheilig »Guten Morgen!« und ging ins

Wohnzimmer. Ladi hatte die Wohnung bereits verlassen. Schadenfroh rieb ich mir die Hände. Jetzt werde ich nachschauen, was der Bengel gemacht hat. Ich öffnete leise, leise, die Tür zu meinem Arbeitszimmer, stolperte über eine Schnur, die von einem Ende der Tür bis zum andern gespannt war, und verstauchte mir den Knöchel. Das war Ladis Werk! Auf meinen Schrei kam meine Frau aus dem Schlafzimmer gerannt, führte mich zur Couch, lief in die Küche, um mir einen Umschlag zu machen – und nieste. Nicht einmal, nicht zweimal – den ganzen Vormittag. Ladi hatte in der Küche Niespulver verstreut. Joschi kam. Er wollte etwas mit mir besprechen. »Du wirst doch nicht krank sein?« fragte er, als er mich auf der Couch liegen sah – und kratzte sich. Nicht einmal, nicht zweimal – den ganzen Vormittag und am ganzen Körper. Ladi hatte im Vorzimmer Juckpulver verstreut. Goldmann kam, um zu fragen, ob Ladi bei uns sei. Er wollte ihn wie gewöhnlich zur Schule fahren – er war verschwunden. Goldmann regte sich derartig auf, daß er ein Pulver nehmen mußte. Meine Frau nieste, Joschi kratzte sich, ich lag auf der Couch danieder – also ging er in die Küche, um sich ein Glas Mineralwasser zu holen. Warum er sich dabei auf den für Frau Wonesch bestimmten Sessel gesetzt hatte, weiß ich nicht, auf alle Fälle sprang er mit einem Schrei auf. Ladi hatte die Sitzfläche des Sessels mit Reißnägeln gespickt. Jeder, der an diesem Vormittag zu uns kam, bekam etwas ab – nur Frau Wonesch nicht. Wieso nicht? Ich hatte mich im Datum geirrt. Es war ein Dienstag, und sie kam erst am Mittwoch.

Nun hat sie weiterhin ihre Ansprache. Zerbrechen kann sie nichts mehr, weil wir, bevor sie kommt, alles Zerbrechliche wegräumen und, sobald sie gegangen ist, wieder hinstellen. Daß mir dabei eine wertvolle, fünfhundert Jahre alte ägyptische Vase aus der Hand fiel und in Stücke ging, erwähne ich nur nebenbei. Meine Frau bekam zwar einen hysterischen Anfall, aber was wollte sie? Fünfhundert Jahre für eine Vase sind schließlich genug.

Ladi bekam natürlich die restlichen hundert Mäuse. Erstens bin ich ein Mann, der gewohnt ist sein Versprechen zu halten, und zweitens drohte mir der Abschaum von einem Kind mich zu verraten, falls er die Kohlen nicht bekommen sollte. Wilhelm Busch war ein gescheiter Mann. Er sagte: »Man kann sein Geld nicht schlechter anlegen als in ungezogenen Kindern.«

Michel Montaigne, französischer Schriftsteller und Philosoph des 16. Jahrhunderts, klagte: »Ich habe kein Namensgedächtnis. Ich fürchte, daß ich, wenn ich alt genug werden sollte, meinen eigenen vergessen werde.«
Was mich anbelangt, ich hege diese Befürchtung nicht. Ich merke mir Namen, und zwar durch einen Trick. Ich baue mir eine Eselsbrücke. Heißt einer Schwarz, denke ich an Afrika, in Afrika leben Neger, Neger sind schwarz, also Schwarz. Heißt einer Weiß, denke ich an ein Waschpulver, Waschpulver waschen weiß, also Weiß. Das hat sich bisher in allen Fällen bewährt, und jeder bewundert

Mein Gedächtnis für Namen

Es war vor einigen Jahren, als ich auf einem Flug Wien – Düsseldorf, einen charmanten Rheinländer kennenlernte. Er war mein Sitznachbar, und bald erfuhr ich, daß er in der Schwerindustrie tätig war, nicht nur als Generaldirektor eines großen Werkes, sondern auch als Vorstands- bzw. Verwaltungsratsmitglied verschiedener anderer Betriebe. Kurz, er hatte überall seine Finger drin. Knapp vor der Ankunft nannte er mir seinen Namen, er hatte leider keine Visitenkarte bei sich, und so notierte ich ihn mir auf den Rand meiner Zeitung. Er betonte noch, daß er mir, wenn ich irgendwas brauchen sollte, gern behilflich sein würde. Am nächsten Tag warf ich die Zeitung weg, ohne zu denken, daß der Name des Generaldirektors drauf vermerkt war. Als es mir einfiel, war ich darüber nicht weiter bestürzt, ich hatte ja meine Eselsbrücke. Der Mann hieß wie der Wolf in der Fabel: Isegrim.

Vor einiger Zeit ging auf der Straße ein Mann an mir vorüber, der mir bekannt vorkam. Ich drehte mich um. »Klitsch!« rief ich freudig überrascht. Klitsch war ein Schulkollege, wir hatten auf derselben Bank gesessen, ich hatte ihn seit Jahren nicht mehr gesehen.

»Klitsch!« wiederholte ich gerührt.

Nach dem üblichen »Wie geht es dir – danke – und dir – danke«, setzten wir uns in ein Kaffeehaus. Klitsch erzählte mir aus seinem Leben. Er war verheiratet, hatte Kinder, sein ältester Sohn hatte eben sein Studium vollendet und stand nun da, ohne Anstellung. Das machte ihm große Sorgen.

»Was ist dein Sohn?« fragte ich.

»Brückenbauingenieur.«

Brückenbau, durchzuckte es mich. Brückenbau. Ich dachte nach. Da gab es doch jemanden, der damit zu tun hatte. Wer war das bloß? Hab's schon! Mein Nachbar aus dem Flugzeug. Wie hieß er nur? Eselsbrücke, Wolf in der Fabel: Isegrim.
»Ich glaube, ich kann deinem Sohn helfen«, sagte ich.
»Wirklich?« fragte Klitsch hoffnungsfroh. »Es wäre nur eine Revanche. Erinnerst du dich, wie oft ich dir in der Schule geholfen habe?«
Ich erinnerte mich, besonders an *einen* Fall. Es war in der Mathestunde. Rechnen war immer meine schwache Seite. Wenn mich jemand an die schöne Zeit unserer Jugend erinnert, denke ich an Mathe, und schon ziehe ich das Alter vor. Wie Klitsch mir geholfen hatte? Es war während einer Schularbeit. Ich kam wieder einmal nicht weiter. Klitsch steckte mir einen Zettel mit den richtigen Lösungen zu und verschaffte mir so eine Drei im Zeugnis statt einer Fünf. Mit der Fünf wäre ich durchgefallen.
»Wie willst du meinem Sohn helfen?« fragte Klitsch.
»Ich kenne einen Generaldirektor, einen gewissen Isegrim, Schwerindustrie, Düsseldorf. Er versprach, mir behilflich zu sein, falls ich einmal irgendwas brauchen sollte. Er hat überall seine Finger drin. Er wird deinem Sohn einen Posten verschaffen.«
»Ruf' ihn an!« drängte Klitsch.
»Dazu ist es jetzt zu spät, aber morgen früh setze ich mich mit ihm in Verbindung.«
Am nächsten Morgen, um sechs Uhr früh, läutete das Telefon. Es war Klitsch. »Hast du ihn erreicht?« fragte er.

»Wen?«
»Isegrim.«
»Klitsch! Es ist sechs Uhr früh!« weinte ich.
»Und? Für einen guten Freund dürfte es dir nie zu früh sein. Oder hast du vergessen, wie ich dir damals in der Schule geholfen habe?«
»Ich habe nichts vergessen, ich schwöre es dir! Aber sechs Uhr früh! Isegrim ist bestimmt noch nicht im Büro. Die Fabrik – oder was immer er hat – ist noch geschlossen. Ich weiß weder seine Adresse noch seine Telefonnummer. Ich muß warten, bis das Postamt öffnet, muß mir ein Düsseldorfer Telefonbuch geben lassen und die Nummer heraussuchen. Ruf' mich später noch einmal an.«
Um acht Uhr rief er wieder an. »Klitsch!« bat ich. »Ich sitze eben beim Frühstück.«
»Wenn dir dein Frühstück wichtiger ist als ein alter Freund, der dir einmal geholfen hat?«
»Es ist mir nicht wichtiger, aber ohne Frühstück bin ich ein halber Mensch. In zehn Minuten gehe ich zur Post.«
»Gut.« Er schien beleidigt zu sein.
In zehn Minuten ging ich zum nächsten Postamt. Kein Düsseldorfer Telefonbuch. Ich mußte zur Hauptpost. Dort gab es eines. Fieberhaft begann ich zu suchen. Isebald, Isebaum, Isebusch, Isedom, Isefeld, Isefeld Arne, Isefeld Berndt, Isefeld Dietrich, Isefeld Engelbert, Isefeld Friedbert, Isegrub Gundula – kein Isegrim. Man gab mir den Rat, die Nummer 08 anzurufen: Selbstwählfernverkehr Ausland. Ich rief an. »Im Augenblick sind alle Leitungen besetzt.

Bitte legen Sie nicht auf. Jeder Anruf wird frisch gereiht und verlängert daher die Wartezeit. Fernauskunft Wien. Im Augenblick sind alle Leitungen besetzt. Bitte legen Sie nicht auf. Jeder Anruf wird frisch gereiht und verlängert daher die Wartezeit. Fernauskunft Wien. Im Augenblick sind alle Leitungen besetzt usw. usw.« Ich legte den Hörer neben mich hin und begann meine Zeitung zu lesen. Als ich damit fertig war, nahm ich ihn wieder auf. »... und verlängert dadurch die Wartezeit. Fernauskunft Wien.« Eben wollte ich ihn wieder hinlegen, als sich eine Frauenstimme meldete: »Fernauskunft Wien.« Ich konnte es nicht fassen. »Sind Sie es wirklich?« fragte ich.

»Was wünschen Sie?« Die Dame schien schlecht gelaunt.

»Ich brauche eine Nummer in Düsseldorf. Generaldirektor Isegrim.«

»Vorname?«

»Weiß ich nicht.«

»Adresse?«

»Weiß ich auch nicht.«

»Haben Sie im Telefonbuch nachgesehen?«

»Ja. Da finde ich sie nicht.«

»Tut mir leid. Wenn Sie weder den Vornamen noch die Adresse nennen können, bin ich nicht befugt, die Nummer weiterzugeben.« Aus. Was jetzt?

Ich ging nach Hause. »Ein Herr Klitsch hat angerufen«, berichtete mir meine Frau. »Viermal. Beim letztenmal ist er richtig grob geworden. Kennst du ihn überhaupt?«

»Leider«, stöhnte ich. Das Telefon läutete. Ich hob ab. »Ja?« sagte ich.
»Klitsch«, meldete er sich unwirsch. »Warum läßt du dich verleugnen?«
»Ich lasse mich nicht verleugnen. Ich war unterwegs. Ich habe versucht, die Nummer dieses Isegrim zu bekommen.«
»Und?«
»Vergeblich. Da ich weder Vorname noch Adresse weiß, gibt die Auskunft keine Auskunft.«
»Ich glaube dir nicht«, sagte Klitsch. »Du hast einfach vergessen, was ich seinerzeit für dich getan habe. Ohne mich wärst du durchgefallen, hättest zu trinken begonnen, würdest heute in der Gosse liegen …«
»Ich habe nicht vergessen«, unterbrach ich ihn verzweifelt. »Ich schwöre es dir! Ich weiß auch schon, was ich zu tun habe. Ich schreibe Isegrim einen Brief. Bei dem Bekanntheitsgrad, den er in Düsseldorf genießt, wird er ihn auch ohne Adresse bekommen.«
»Gut«, sagte Klitsch, fast drohend. Dann legte er auf. Ich schrieb Isegrim einen Brief. Am nächsten Tag rief Klitsch dreimal an. Beim drittenmal saß ich am Schreibtisch und arbeitete. Ich hatte im Moment auf die Sache vergessen. »Hast du sie?« fragte Klitsch.
»Was?«
»Die Antwort.«
»Von wem?«
»Von Isegrim.«
»Nein«, sagte ich unglücklich. »Ich habe doch den Brief erst gestern abgeschickt. Isegrim kann ihn im

besten Fall morgen bekommen. Vor Montag nächster Woche kann die Antwort nicht da sein.«

»Gut«, knurrte Klitsch. »Bis Montag will ich noch warten.« Am Montag rief er an. »Hast du sie?« fragte er wie ein Kidnapper, der wissen will, ob man die zehn Millionen, die er als Lösegeld verlangt hatte, beisammen hat.

»Die Antwort? Nein. Aber ich habe *ihn.*«

»Isegrim?«

»Nein.«

»Was denn?«

»Den Brief. Er ist heute zurückgekommen, versehen mit dem Vermerk: Adresse unbekannt.«

»Du!« drohte er mir. »Wir werden dich verantwortlich machen. Mein Sohn hat eine Braut. Auf dein Versprechen hin, ihm einen Posten zu verschaffen, haben die beiden den Heiratstermin festgesetzt und das Aufgebot bestellt. Du wirst die Hochzeit bezahlen, und ich überlege noch, ob wir dich nicht auch für die Lebenskosten der beiden haftbar machen sollen, so lange, bis mein Sohn eine Anstellung findet.«

»Du bist ja wahnsinnig!«

»Und du bist undankbar! Du hast vergessen, was der kleine Klitsch seinerzeit für dich getan hat! Heute spielst du den großen Mann! Du trampelst auf dem Glück meines Sohnes herum!«

»Ich trample nicht! Glaube mir!« schluchzte ich. »Ich mache dir einen Vorschlag: Ich fliege noch heute nach Düsseldorf und mache mich persönlich auf die Suche nach Isegrim.«

»Ach was!« schrie Klitsch ins Telefon. »Ich glaube dir

diesen ganzen Isegrim nicht mehr! Du wolltest dich aufspielen mit deinem Generaldirektor, du Großmaul, du! Aber bitte, fliege! Diese letzte Chance will ich dir noch geben!«

Ich flog nach Düsseldorf. Am Meldeamt: kein Isegrim. Bei der Polizei: kein Isegrim. In den Reisebüros – Isegrim hatte mir erzählt, daß er viele Reisen mache –: kein Isegrim. Ich kehrte ins Hotel zurück. Ich war gebrochen. Ich hielt es nirgends aus. Nicht auf meinem Zimmer, nicht im Speisesaal, nicht in der Hotelbar. Wie sollte ich Klitsch gegenübertreten? Ich beschloß, auf die Straße zu gehen. Kaum war ich zehn Schritte gegangen, traf ich ihn: Isegrim! Er begrüßte mich äußerst freundlich. Es war kein Wunder, daß ich ihn nirgends gefunden hatte. Er heißt nicht nach dem Wolf in der Fabel »Isegrim«, sondern nach dem Fuchs in der Fabel »Reineke«.

Zusammenfassung der nun folgenden Ereignisse: Klitschs Sohn bekam seine Anstellung, die Hochzeit fand statt, ich war Trauzeuge, meine Eselsbrücke wurde abgetragen.

Seien Sie vorsichtig mit Namen. Wenn man Sie mit »mein Lieber«, »mein Guter« oder mit »mein alter Freund« begrüßt, geschieht dies nicht immer aus Sympathie, sondern ist eher ein Zeichen, daß man Ihren Namen vergessen hat.

Die drei bekanntesten toten Sprachen sind Latein, Griechisch und Hochdeutsch. Die letztere ist besonders tot. Mit Recht. Wer braucht sie, seitdem in den deutschsprachigen Ländern hauptsächlich Englisch gesprochen wird. Ich mache da nicht mit, ich bleibe bei meinem Deutsch. Ich finde die deutsche Sprache hat mehr Power, mehr Action und bringt dadurch mehr Satisfaction. Besonders unsere deutschen und österreichischen Songs sollten nicht anglikanisiert werden. Und doch, ohne Englisch werden Sie auf die Dauer nicht auskommen, und deshalb rate ich Ihnen:

Lernen Sie Englisch

Folgen Sie mir bitte wieder in das kleine Kaffeehaus, das in jedem meiner Bücher vorkommt. (Für neu hinzugekommene Leserinnen und Leser bleibt natürlich das Wort »wieder« weg. Zur Erläuterung: Es handelt sich um eines jener kleinen Wiener Kaffeehäuser, wie man sie heute, auch in Wien, nur noch selten findet, um ein Lokal, das seine Stammgäste hat, die bei einem Glas Wasser und einem Zahnstocher so lange sitzen bleiben, bis sie alle Zeitungen gelesen haben, und die dann nach Hause gehen, um ihren Kaffee zu trinken. Übertrieben, aber zum besseren Verständnis für meine bundesdeutschen Leserinnen und Leser.)
Die Personen, die wir hier treffen, sind alte Bekannte: Herr ROTT, Herr JORISCH sowie der Ober JOSEF, der seine Gäste kennt und den seine Gäste kennen und der sich deshalb manchen Spaß mit ihnen erlauben darf.

Rott:	(sitzt an einem Tisch und ruft ungehalten) Josef! Josef!
Josef:	Bin schon da, Herr Rott!
Rott:	Was haben Sie mir da gebracht?
Josef:	Was Sie bestellt haben. Einen Kaffee.
Rott:	Das ist ein Kaffee? Da muß ich lachen.
Josef:	Das freut mich. Die anderen schimpfen alle.
Rott:	Mit Recht! Wenn Ihr Chef so weitermacht, wird er die paar Gäste, die er noch hat, auch bald verlieren.
Josef:	Das macht ihm nichts. Der hat so viel Geld – der kann das verkraften.
Rott:	Viel Geld? Ihr Chef?
Josef:	Das glaub' ich.

Rott:	Woher wissen Sie das?
Josef:	Weil er es mir gesagt hat. Er hat auf seinem Konto und auf seinen Sparbüchern genau drei Millionen und fünf Schillinge. Die drei Millionen hat er von seiner Tante geerbt, und die fünf Schilling hat er sich in dem Kaffeehaus erspart.
Rott:	Fünf Schilling? Wieso nur fünf Schilling?
Josef:	Weil die meisten von unseren Gästen solche Zechen machen wie Sie.
Rott:	(auffahrend) Was fällt Ihnen ein? Das ist eine Frechheit!
Josef:	(beruhigt ihn) Aber Herr Rott! Das war doch nur ein Witz. Jetzt kennen wir uns schon dreißig Jahr' – da wird man sich doch einen kleinen Scherz erlauben dürfen.
Rott:	Ich mag keine Scherze – und schon gar nicht von Ihnen.
	(Herr JORISCH tritt ein)
Jorisch:	Guten Morgen!
Rott:	Guten Morgen, Herr Jorisch. Setzen Sie sich zu mir.
Jorisch:	Wenn Sie erlauben? (setzt sich)
Josef:	Was darf ich bringen, Herr Jorisch?
Jorisch:	Lassen Sie mich überlegen.
Rott:	Den Kaffee nehmen Sie nicht, der schmeckt nach Soda mit Himbeer.
Jorisch:	Dann bringen Sie mir ein Soda mit Himbeer – vielleicht schmeckt das nach Kaffee.
Josef:	Bitte, Herr Jorisch! Ein Soda mit Himbeer! (schaut die beiden freundlich an) Solche

	Gäste wie Sie wünsche ich mir zwanzig am Tag.
Rott:	Wieso? Wir verzehren doch gar nicht soviel ...
Josef:	Das nicht.
Rott:	Warum wünschen Sie sich dann zwanzig solche Gäste am Tag?
Josef:	(unfreundlich) Weil ich dreißig hab'! (ab)
Rott:	(ruft ihm nach) Das ist eine Beleidigung! Ich werde mich beschweren!
Jorisch:	(beruhigt ihn) Lassen Sie ihn, er meint es nicht so. Wie geht es Ihnen, Herr Rott?
Rott:	Wenn ich nicht in diesem Kaffeehaus bin, sehr gut. Und Ihnen?
Jorisch:	Auch sehr gut. Ich komme eben von dem Leubusch. Sie wissen doch – der mir seinen alten Wagen verkauft hat.
Rott:	Ja. Was ist mit ihm?
Jorisch:	Beim Verkauf hat er mir gesagt, daß es ein Wagen ist mit allen Schikanen – wie ich damit nach Hause gefahren bin, ist er mitten auf der Kreuzung stehengeblieben. Ich habe ihm das natürlich sofort gesagt.
Rott:	Und was hat *er* gesagt?
Jorisch:	Das war die *erste* Schikane.
Rott:	Sie hätten ihm sagen sollen, daß er ein Schwindler ist.
Jorisch:	Das habe ich ihm ja gesagt.
Rott:	Und?
Jorisch:	Er hat es schon gewußt.
Rott:	Hoffentlich erfährt sein Sohn nichts davon.

Der ist ein Rocker. Der hat mich bedroht, weil ich gesagt habe, daß er lieber arbeiten soll, anstatt im schwarzen Lederdreß auf dem Motorrad herumzurasen.

Jorisch: Was hat er Ihnen gesagt?

Rott: Reden wir nicht davon. Mir tut ja nur seine arme Mutter leid. Die macht sich seinetwegen die größten Sorgen. Mit Tränen in den Augen hat sie mir erzählt, daß er schon dreimal vor Gericht war. Einmal wegen versuchten Raubüberfalls, einmal wegen versuchten Einbruchs und einmal wegen versuchten Diebstahls. Alles versucht er, hat sie gesagt, nichts kann er hundertprozentig.

Jorisch: Es ist schrecklich. Da lob' ich mir *meinen* Sohn. Das ist ein braver Junge.

Rott: Was macht er?

Jorisch: Das wissen Sie nicht? Er ist Erfinder.

Rott: Was Sie nicht sagen! Was hat er erfunden?

Jorisch: Verschiedenes. Momentan arbeitet er an der elektronischen Post. Da schreiben Sie den Text eines Briefes in einen Computer, warten, bis er auf dem Bildschirm erscheint, rufen die Leute an, an die er adressiert ist, und lesen ihn ihnen vor.

Rott: (lacht) So etwas Blödes!

Jorisch: Lachen Sie nicht. Über alle Erfinder hat man gelacht. Erinnern Sie sich, wie man über den Marconi gelacht hat, wie er das Dampfschiff erfunden hat.

Rott: Das Dampfschiff hat doch der Foulton erfunden.

Jorisch: Dann ist es doch kein Wunder, daß man über den Marconi gelacht hat. Aber lassen wir das. Wie geht es Ihrer Frau?

Rott: Gut.

Jorisch: Und Ihrer Tochter?

Rott: Nicht so gut. Die hat sich bei einer Party einen Katzenjammer geholt, von dem der Arzt gesagt hat, daß sie ihn erst nach neun Monaten loswerden wird.

Jorisch: Ich verstehe! Da wird sie doch bald heiraten?

Rott: Eben nicht. Sie hat sich zwar mit dem Kerl verlobt, aber jetzt haben sie die Verlobung wieder gelöst.

Jorisch: Und warum?

Rott: Wegen einer kleinen Meinungsverschiedenheit. Sie wollte in der Kirche heiraten – und er überhaupt nicht.

Jorisch: Diese Kinder! Ich bin froh, daß ich keines mehr im Haus habe. Ich habe seit vier Wochen wieder einen Hund.

Rott: Lieb?

Jorisch: Sehr lieb.

Rott: Gescheit?

Jorisch: Und wie! Der ist so gescheit, daß er sogar seinen Namen sagen kann.

Rott: Wie heißt er?

Jorisch: Wauwau.

Rott: So etwas Dummes! Jeder Hund sagt doch wauwau.

Jorisch: Das stimmt nicht. Mein Schwager zum Beispiel hat einen Hund, der heißt Cäsar und sagt wuffwuff!

Rott: (gequält) Ich kann Ihnen nicht zuhören. Sie müßten etwas für Ihre Bildung tun. Was machen Sie heute abend?

Jorisch: Heute abend werde ich fernsehen.

Rott: Ich verstehe Sie nicht. Jeden Abend sehen Sie fern. Da muß man doch verblöden.

Jorisch: Das stimmt nicht. Der Krimi gestern war wieder einmal sehr gut. Haben Sie ihn gesehen?

Rott: Nein.

Jorisch: Warum nicht?

Rott: Weil es eine Wiederholung war. Ich habe ihn schon im vorigen Jahr gesehen, und Sie auch.

Jorisch: Deshalb ist mir das Blut so bekannt vorgekommen. Aber die Werbung? Die gefällt Ihnen auch nicht?

Rott: Die schon gar nicht. Ich habe noch nie eine Familie gesehen, die beisammensitzt und ein Lied über einen Kräutertee singt. Ich frage Sie noch einmal: Was machen Sie heute abend? Verzichten Sie einmal auf das Fernsehen und kommen Sie mit mir.

Jorisch: Wohin?

Rott: Auf die Volkshochschule.

Jorisch: Auf was?

Rott: Auf die Volkshochschule.

Jorisch: Was ist das?

Rott: (spricht ihm ärgerlich nach) Was ist das! Das ist ein Kurs, in dem Sie alles lernen können, was Sie in der Schule gelernt und wieder vergessen haben. Oder wissen Sie noch, wann Friedrich Schiller geboren wurde? Wann Goethe gestorben ist? Wann der Dreißigjährige Krieg war? Wann Cäsar gesagt hat: »Auch du, mein Sohn Brutus?« Wissen Sie das alles noch?

Jorisch: Ich weiß es nicht, aber ich will es gar nicht wissen. Was interessiert es mich, wann der Goethe zum Schiller gesagt hat: »Auch du, mein Sohn Brutus?«

Rott: (gereizt) Das hat nicht der Goethe gesagt – das hat der Cäsar gesagt!

Jorisch: Das interessiert mich auch nicht. Im Fernsehen ist heute –

Rott: (unterbricht ihn ärgerlich) Hören Sie mir schon mit dem Fernsehen auf! Sie müssen ja in der Volkshochschule nicht gerade Geschichte oder Literatur studieren – das ist mir nur so eingefallen –, machen Sie es wie ich: Lernen Sie Sprachen.

Jorisch: Sprachen?

Rott: Ja. Ich zum Beispiel lerne Englisch. Ich mache das schon im Hinblick auf meine Pension.

Jorisch: Wieso? Kriegt man da mehr?

Rott: (wütend) Nein!! Aber man hat etwas, womit man sich beschäftigen kann! Ich werde, sobald ich in Pension bin – und ich freue mich schon darauf –, den Shakespeare in Englisch lesen.

Jorisch: Wozu ist das gut?

Rott: Weil man erst dann die Feinheiten versteht. (deklamiert) »To be or not to be – that is the question.«

Jorisch: Was heißt das?

Rott: »Sein oder Nichtsein – das ist die Frage.«

Jorisch: Und was ist mit den Zwetschgen?

Rott: Mit was für Zwetschgen?

Jorisch: Sie haben gesagt Zwetschgen.

Rott: (außer sich) Ich habe nicht gesagt »Zwetschgen« – ich habe gesagt »Question«! Das sagt der Hamlet am Friedhof!

Jorisch: Wer ist der Hamlet?

Rott: Das wissen Sie auch nicht?

Jorisch: Nein.

Rott: Ich will Sie nicht beleidigen, Herr Jorisch, aber mit dem, was Sie nicht wissen, könnte man aus drei Universitätsprofessoren Trotteln machen! (schreit) Der Hamlet ist ein Prinz von Dänemark!

Jorisch: Warum redet der Englisch?

Rott: Weil er von Shakespeare ist, und weil der Shakespeare ein Engländer war! Aber wozu rege ich mich mit Ihnen auf? I am going.

Jorisch: Was ist *das* wieder?

Rott: Das ist Englisch und heißt »Ich bin gehend«. Wenn *wir* sagen »Ich gehe«, sagt der Engländer »Ich bin gehend.«

Jorisch: Das ist von Shakespeare?

Rott: Nein! Das ist die englische Sprache! Verstehen Sie es jetzt?

Jorisch: Ja.

Rott: Und?

Jorisch: Ich bin bleibend. Ich habe nie gewußt, daß Englisch so leicht ist.

Rott: (wütend) Was *Sie* da reden, ist doch nicht Englisch! Wenn Sie sagen wollen »Ich bleibe«, müssen Sie sagen »I am staying«!

Jorisch: Wie soll man sich das merken?

Rott: Indem man es lernt! Da gibt es doch bestimmte Regeln! Wenn Sie einen Engländer fragen: »Wie lange sind Sie in Wien?«, wird er nicht sagen: »Seit zwei Jahren«, sondern er wird sagen: »I have been here since two years.« Das heißt: »Ich bin hier gewesen seit zwei Jahren.«

Jorisch: Das ist doch ein Blödsinn! Wenn er hier gewesen ist, ist er doch schon wieder fort.

Rott: Eben nicht! Das ist die englische Sprache! Sie können ihn dann noch fragen, wie es ihm hier gefällt –

Jorisch: Wie ist es Ihnen hier gefallend?

Rott: (zornig) Nein!!! Sie müssen fragen: »How do you like it here«!!! Drauf wird er wahrscheinlich sagen: »Oh« – die Engländer sagen immer »Oh!« –, »Vienna is a beautiful town«, und wird hinzusetzen: »Isn't it?«

Jorisch: Was heißt *das* wieder?
Rott: Das heißt: »Ist es nicht?« Drauf müssen *Sie* sagen: »Oh, it is.«
Jorisch: Oh – das sage ich nicht.
Rott: Warum nicht?
Jorisch: Oh – weil ich es dumm finde. Einem Engländer, der schon lange nicht mehr hier ist, soll ich sagen: »Oh, it is!« Was heißt das überhaupt?
Rott: Es ist.
Jorisch: Oh!
Rott: Hören Sie schon mit dem »Oh« auf!
Jorisch: Sie haben gesagt: der Engländer sagt immer »Oh!«
Rott: (schreit) Sie sind doch kein Engländer!!!
Jorisch: Warum soll ich dann »Oh« sagen?
Rott: Sie sollen nicht »Oh« sagen! Sie sollen überhaupt nicht Englisch reden – Sie sollen Englisch lernen! »Isn't it« heißt soviel wie: »Habe ich nicht recht?« und »It is« heißt »Ja!« Haben Sie jetzt verstanden?
Jorisch: It is.
Rott: (tobt) Da dürfen Sie nicht »It is« sagen – da müssen Sie sagen: »Yes!«
Jorisch: Sie haben doch gesagt »It is« heißt »Ja«?
Rott: Aber nicht in diesem Fall! In diesem Fall müssen Sie »Yes« sagen! Wenn man Sie auf Englisch fragt: »Do you know you are stupid?«, was werden Sie antworten?
Jorisch: Erst sagen Sie mir, was das heißt.
Rott: Das heißt: »Wissen Sie, daß Sie blöd sind?«

Jorisch: Yes.

Rott: Na also. Dabei heißt es, wörtlich übersetzt, gar nicht: »Wissen Sie, daß Sie blöd sind?«, sondern »Tun Sie wissen, daß Sie sind blöd?«

Jorisch: Warum heißt das so?

Rott: Weil das eine Regel der englischen Sprache ist. Im Englischen wird die Frageform immer mit »do« gebildet, und »do« heißt »tun«.

Jorisch: Dann tun Sie mich in Ruhe lassen, ich bin habend genug von der englischen Sprache, sie ist mir seiend zu schwer.

Rott: Englisch ist doch nicht schwer! Englisch ist leichter als Deutsch! Vor allem müssen Sie die persönlichen Fürwörter kennen: I, you, he, we, you, they. Ich, du, er, wir, ihr, sie.

Jorisch: Und was ist mit den Zwetschgen?

Rott: (außer sich) Die vergessen Sie!!!

Jorisch: Grad die hab' ich mir gemerkt.

Rott: Sie müssen Geduld haben. In der Volkshochschule fangen sie doch nicht gleich mit so schwierigen Sätzen an. Da werden Sie erst fragen: »How is your wife?« Wie ist Ihre Frau?

Jorisch: Meine Frau ist von Grund auf schlecht.

Rott: (wütend) Nein!!!

Jorisch: Ich werde es doch wissen. Neulich habe ich mich in den Finger geschnitten, hat sie geweint, nur damit Salz in die Wunde kommt.

Rott: Sie machen mich krank! »How ist your wife« heißt doch »Wie geht es Ihrer Frau?«

Jorisch: Sie haben doch gesagt »gehen« heißt »going«?

Rott: Aber nicht in diesem Fall! Wenn ich sagte »How goes your wife?«, würde das heißen »Wie geht Ihre Frau?«

Jorisch: Schlampig.

Rott: Was heißt »schlampig«?

Jorisch: Sie hat einen schlampigen Gang. Sie ist watscheling.

Rott: (verzweifelt) Es ist schrecklich! Sie werden nie Englisch lernen!

Jorisch: Das hab' ich doch gesagt.
(Josef kommt)

Josef: Hier ist das Soda mit Himbeer, Herr Jorisch. Aber schauen Sie einmal zum Fenster hinaus. Dort steht schon die ganze Zeit so ein Rocker und stiert auf das Kaffeehaus herüber.

Rott: (erschrickt) Wo?

Josef: Dort drüben.

Rott: (schaut, außer sich) Das ist er!

Jorisch: Wer?

Rott: Der Sohn von dem Leubusch, von dem ich Ihnen gesagt habe, daß er mich bedroht hat. Was haben wir heute für einen Tag?

Jorisch: Montag.

Rott: Stimmt. Er hat gesagt, daß er mich in dieser Woche jeden Tag besuchen wird. Am Montag, hat er gesagt, wird er mir den linken Arm brechen, am Dienstag den rechten Arm, am Mittwoch das linke Bein, am

Donnerstag das rechte Bein, am Freitag wird er mir die Nase einschlagen, am Samstag den Schädel!

Jorisch: (lacht)

Rott: Warum lachen Sie?

Jorisch: Weil ihm nichts übrigbleibt für Sonntag.

Rott: Sie sind ein schöner Freund! Sie sehen, wie ich mich aufrege!

Jorisch: (steht auf)

Rott: (ängstlich) Wo wollen Sie hin? Sie werden mich doch jetzt nicht allein lassen! Bleiben Sie, Herr Jorisch!

Jorisch: Fällt mir nicht ein.

Rott: Was mache ich, wenn der Kerl herüberkommt?

Jorisch: Das ist *Ihre* Sache. Ich für meine Person – *I am going!*

(Er geht. Rott und Josef blicken ihm verdutzt nach)

Ich zitiere Jonathan Stöbsel: Viele Leute klopfen beim ersten Schrei des Kuckucks im Frühjahr auf ihre Geldbörsen, um das ganze Jahr eine volle Geldbörse zu haben. Es wäre besser, wenn sich manche aufs Hirn klopfen würden.

KAFFEE
OH!

Es gibt Menschen, die so unentschlossen sind, daß sie sich zu allem entschließen können, nur nicht zu einem Entschluß. Da heißt es dann »Ja – aber« oder »Nein – aber« oder

»Ja – Nein – Aber«

Das Wort Ja schlenderte müde und abgespannt durch einen langen Konferenzraum, in dem soeben eine wichtige Sitzung zu Ende gegangen war. Die kostbaren Kristallüster wurden ausgeknipst, der grüne Tisch und die schweren Stühle verschwanden in der Dunkelheit, es mußte schon spät sein, weit über Mitternacht. Das Wort Ja trat an eines der hohen Fenster. Draußen gab es nur noch wenige Lichter, die anscheinend auch schon müde waren. Das Wort Ja lehnte sich in die Fensternische und schloß die Augen. Heute war es wieder arg strapaziert und mißbraucht worden.

Plötzlich kicherte dem Ja jemand ins Gesicht. Das Ja öffnete die Augen, das Wort Nein stand grinsend vor ihm.

»Was ist los mit dir? Warum bist du denn so traurig, mein liebes Ja?«

Das Ja fuhr sich mit dem Handrücken über die Augen. »Oh nichts«, erwiderte es matt.

»Aber du schaust ja ganz geschafft aus«, sagte das Nein.

»Kein Wunder«, antwortete das Ja. »Du hast doch selber gehört, wie man heute wieder mit mir umgegangen ist.«

»Aber geh!« tröstete es das Nein. »Du hast doch heute wieder eine Menge Ja-Sager gehabt. Was soll da ich sagen? Auf meiner Seite hat es nur wenige Nein-Stimmen gegeben.«

»Ja«, sagte das Ja, »aber die haben es wenigstens ehrlich gemeint.«

Das Nein schüttelte den Kopf und lächelte mild: »Das

bildest du dir nur ein. Nur zwei haben aus Überzeugung nein gesagt, der Rest hat bloß nein gesagt, weil die andern ja gesagt haben. Das nennt man Opposition. Hätten die andern nein gesagt, hätten sie ja gesagt.«

»Trotzdem«, entgegnete das Ja. »Ich bin überzeugt, daß mehr Leute ein ehrliches Nein sagen als ein ehrliches Ja.«

»Du siehst die Sache viel zu negativ. Deine Haltung würde eigentlich mir zustehen«, bemerkte das Nein. »Es gibt doch genug Menschen, die zu ihrem Ja stehen, mit ihrer ganzen Person, mit vollem Einsatz, oft sogar ihres Lebens. Diese Kategorie von Menschen darfst du doch nicht übersehen.«

Über das Gesicht des Ja huschte ein seliges Lächeln. »Die übersehe ich schon nicht. Gäbe es diese Menschen nicht, hätte ich überhaupt keine Kraft und keinen Wert mehr. Aber es gibt doch soundso viele – und die zehren an meiner Substanz –, die immer ja, ja sagen und dann ganz anders handeln.«

»Solche Leute habe ich auch«, sagte das Nein. »Sie versprechen: Das werden wir nie wieder tun, und im nächsten Augenblick tun sie es trotzdem. Glaubst du, das geht mir nicht ins Mark?«

Das Ja nickte. »Euer Ja sei ein Ja, euer Nein ein Nein, alles andere ist ein Werk des Bösen. Das steht doch irgendwo geschrieben.«

In diesem Augenblick trat das Wort Aber auf die beiden zu.

»Oh, oh, was sehe ich? Die beiden großen Gegensätze in trautem Gespräch beisammen«, sagte das Aber.

Es schmiegte sich an das Ja heran und hängte sich bei ihm ein.
»Laß das!« wehrte sich das Ja. »Du paßt nicht zu mir.«
»Ho, ho«, kicherte das Aber. »Sei nicht so stolz. Heutzutage werden wir zusammen öfter gebraucht als du alleine. An allen Ecken und Enden hörst du: ›Ja, aber da könnte man – ja, aber da sollte man – ja, aber da müßte man.‹ Ein bloßes Ja gibt es kaum mehr.«
»Leider«, erwiderte das Ja und drückte das Aber weiter von sich. »Du entkräftigst mich. Du nimmst mir mein Gewicht.«
»Aber Schatz, stoß mich doch nicht weg. Ich bin ja deine Hintertür«, verteidigte sich das Aber. »Warum sollen sich die Menschen immer gleich festlegen lassen? Sie müssen doch auch flexibel sein können. Das mache ich ihnen möglich.«
»Ich mag aber kein faules Hin und Her. Das macht mich zu einer leeren Hülse«, gab das Ja zurück. »Wenn wir zusammen sind, gibt es keine Ehrlichkeit mehr, keine feste Haltung, sondern nur ein charakterloses Durcheinander.«
»Ja, aber«, konterte das Aber, »zusammen verbinden wir Gegensätze, lösen wir sture Haltungen und verhindern Konflikte. Vor- und Nachteile liegen eben eng beisammen. So ist das Leben.«
Das Aber hängte sich in das Ja und in das Nein ein. »Gehen wir schlafen, es ist schon spät.«
»Ja – aber«, versuchte das Ja sich zu wehren.
»Nein – aber«, gab das Nein schon bald nach.

»Aber, aber«, beruhigte das Aber die beiden und zog sie mit sich.

»Aber« ist zwar ein Bindewort, sollte aber eigentlich den *Für*wörtern zugeordnet werden, denn wenn einer noch so kategorisch »nein« sagt und ein »Aber« hinzusetzt, weiß der andere schon, daß er *dafür* ist.

»Laßt Blumen sprechen!« Ein uralter Slogan. Wessen Hirn er entstammte, das weiß ich nicht. Ich weiß auch nicht, wer der erste war, der ihn gebraucht hat. War es Napoleon oder Oscar Wilde? Sigmund Freud oder Robert Lembke? Es gibt ja so viele Persönlichkeiten, welchen man Aussprüche in den Mund legt, die sie nie getan haben. Vielleicht war es bloß ein Werbemann, der erste Werbemann der Weltgeschichte, der mit seinen drei Worten »Laßt Blumen sprechen« Semiramis, die Königin von Assyrien, zweitausend Jahre vor Christi veranlaßte, die »hängenden Gärten« anzulegen. Egal. Es ist nicht wichtig. Wichtiger wäre es für mich zu wissen, welcher Teufel es war, der uns als erster sagte:

Laßt uns zu Blumen sprechen!

Meine Frau war bei ihrer Freundin. Nicht, daß Sie denken, daß diese Freundin um die Ecke wohnt. Nein. Sie wohnt in Caracas, Venezuela. Sie hatte einmal vier Wochen bei uns in Wien verbracht und hatte nun, quasi als Revanche, meine Frau eingeladen, vier Wochen bei ihr in Caracas zu verbringen. Natürlich hat mir meine Frau vor ihrer Abreise eine Anzahl von Aufträgen hinterlassen, die in Buchform einen Band von mindestens siebenhundertundachtzig Seiten füllen würden, was sehr viel ist, wenn man bedenkt, daß der Band, den Sie eben vor sich haben, höchstens aus zweihundertundsechzig Seiten bestehen wird. (Nachdem Sie nachgesehen haben, aus wie vielen Seiten der Band wirklich besteht, gehen wir weiter.) Meine Frau hat mir also vor ihrer Abreise eine Anzahl von Aufträgen hinterlassen, die in Buchform einen Band von mindestens siebenhundertundachtzig Seiten füllen würden. Was sie geschrieben hat? Ich habe es noch nicht gelesen, obwohl sie bereits seit acht Tagen fort ist. Ich weiß nur eines, was sie mir als besonders wichtig eingeschärft hat: »Sprich zu den Blumen, hörst du? Jeden Tag. Sag ihnen, daß sie schön sind wie im Märchen, daß sie duften wie die Rosen und daß sie blühen und gedeihen sollen, bis ich wiederkomme. Das brauchen sie.« Ich versprach es mit Handschlag. Ich wußte nicht, wie schwierig es ist. Lieber hätte ich zu Einstein gesprochen als zu den Blumen, obwohl ich von seiner Relativitätstheorie bis heute keine Ahnung habe. Mein Freund, Dr. Robinson, versuchte einmal, sie mir zu erklären. »Stell dir vor«, sagte er, »du verbringst deine Nacht mit Joan Collins. Eine

Ewigkeit wird dir vorkommen wie eine Minute. Deine Frau erfährt davon und beginnt, dir Vorwürfe zu machen.« »Und?« fragte ich. »Was ist *dann*?« »Dann«, sagte Robinson, »wird dir eine Minute vorkommen wie eine Ewigkeit.« Ich halte das noch immer für einen Blödsinn. Das soll die Relativitätstheorie sein? Für so etwas kann man doch keinen Nobelpreis bekommen – oder doch? Egal. Zurück zu den Blumen.

Am Tag nach der Abreise meiner Frau trat ich in den Salon, in dem sie stehen und sagte: »Guten Morgen, liebe Blumen! Ihr seid schön wie im Märchen! Ihr duftet wie die Rosen! Blüht und gedeiht, bis euer Frauchen wiederkommt!« Damit ging ich.

Am nächsten Tag kam ich wieder. Die Blumen hatten sich zu ihrem Nachteil verändert. Vielleicht hatte ich mich am Tag zuvor zu schnell von ihnen verabschiedet. Ich werde heute länger zu ihnen sprechen, und ich werde den Text ändern. Es ist doch unsinnig, zum Beispiel zu einer Azalee zu sagen, daß sie duftet wie eine Rose. Sie könnte das unter Umständen sogar als Beleidigung empfinden. »Guten Tag, liebe Blumen!« sagte ich. »Ihr seid so schön wie die Mädchen im ›Playboy‹! Du«, sagte ich zu einer von ihnen, »bist ja besonders prächtig!« Ich streichelte sie. »Au, du Trottel!« rief ich im selben Moment. Es war ein Kaktus. Kakteen sind ja besonders gemeingefährliche Gewächse. Nicht nur, daß es eintausendfünfhundert Arten von ihnen gibt, manche dieser Arten haben auch Dornen in ihrem Stamm, die sie hinter Blättern und Blüten verbergen. Diese Art kommt hauptsächlich in

Amerika vor, in Europa findet man nur selten einen Kaktus dieser Sorte, in Österreich gibt es nur einen einzigen – und den müssen ausgerechnet wir haben. Ich entschuldigte mich natürlich sofort. »Du darfst mich nicht ernst nehmen«, sagte ich zu dem Kaktus. »Ich habe mich so erschreckt.« Der Kaktus sah mich böse an, es konnte aber auch bloß eine Einbildung von mir sein. »Auf Wiedersehen!« sagte ich und ging, um die Stacheln aus meiner Hand zu entfernen.

Die ganze Nacht dachte ich nach, was ich ihnen am nächsten Tag erzählen könnte. Plötzlich wußte ich es: Karl May! Wo sonst findet man noch jene blumenreiche Sprache des Orients wie in seinen Reiseerzählungen von dem damals ach noch so fernen Arabien! Schnell sprang ich aus dem Bett und suchte unter den Karl-May-Bänden. Ich habe sie alle gesammelt. Da war schon einer! »Durch die Wüste!« Ich suchte eine geeignete Stelle, lernte sie auswendig und ging am nächsten Tag zu den Blumen. Das wird ihnen gefallen!

»Guten Tag, liebe Blumen!« sagte ich wie an jedem Morgen. Aber dann! »Eure Augen glänzen wie das Licht des Mondes, eure Wangen leuchten wie brennende Kohlen, eure Lippen glühen wie die Granatäpfel, und eure Wimpern sind schattig wie die Akazien!« Die Blumen richteten sich interessiert auf, sahen einander erstaunt an und warteten, was noch kommen würde. Nichts kam. Mehr hatte ich nicht auswendig gelernt. Ich mußte schnell etwas im Karl-May-Stil dazu erfinden. »Euer Schritt ist so leicht wie der des Kamels, das durch die Wüste schreitet«, setzte

ich fort, »euer Geruch ist wie der Duft einer Pfeife aus Jasmin, und euer Wuchs ist wie der des Elefanten im fernen Indien!« Jetzt sahen sie mich wirklich bös an, diesmal war es keine Einbildung. »Möge Allah euch behüten, auf daß ihr blühet und gedeihet, bis Scheherezade, die schönste Fee des Paradieses, wieder den Schritt zu euch lenkt, ihr duftigen Blüten aus dem Garten Mohammeds!« sagte ich schnell und verließ den Raum.

Am fünften Tag rezitierte ich »Das Lied von der Glokke«, am sechsten den Monolog des Faust, am siebenten den des Hamlet, am achten sang ich die Arie des Rodolfo aus der »Bohème«, am neunten den »Frühlingsstimmenwalzer«. Die Blumen gaben kein Zeichen von Beifall, sie wurden nicht schöner, sie dufteten nicht besser, und sie wuchsen nicht schneller.

Am zehnten Tag wußte ich keinen Ausweg mehr. Ich las ihnen aus der Zeitung vor. Sie erfuhren von Kriegen und Revolutionen, von Rauschgift und Flugzeugentführungen, von Politik und Korruption, von Atomkraft und Sondermüll. Traurig senkten sie die Köpfchen. Ich war alarmiert. »Falsch!« wurde es mir plötzlich klar. »Blumen sind fröhliche Geschöpfe! Sie wollen etwas Lustiges hören!« Schnell lief ich zu meinem Bücherschrank, in dem meine gesammelten Werke verstaut sind, nahm einen meiner Bände heraus, lief wieder zu den Blumen zurück und las ihnen eine besonders lustige Geschichte vor. Das war der Moment, in dem sie eingingen.

Wer versteht den Humor der Blumen? Vielleicht haben sie sich totgelacht.

Als meine Frau zurückkam und die verwelkten Blumen sah, sagte sie mir einiges – und das nicht durch die Blume. Und ich mußte noch etwas erfahren: Nicht nur, daß ich ihre Blumen gelangweilt hatte, ich hatte auch vergessen, sie zu gießen.

Der Hund, so sagt man, ist der beste Freund des Menschen. Könnte er reden, wäre er das nicht. Oder doch? Vielleicht. Der Hund ist seinem Herrn treu ergeben, wenn dieser ihn auch noch so schlecht behandelt. Wenn Sie einem Dackel am Samstag den Kopf streicheln, wird er noch am Sonntag mit dem Schwanz wackeln. Anders ist es mit der Katze. Die Redensart »Falsch wie eine Katze« stimmt nicht. Die Katze ist nicht falsch – die Katze hat Charakter. Sie ist undurchsichtig. Meine Frau und ich haben schon die fünfte Katze und könnten nicht sagen, welche von ihnen uns die liebste war. Eigentlich immer die letzte. Henry Ford sagte einmal: »Die Wahrheit über die Katze erfährt man nur von den Mäusen.« Ich kann Henry Ford nicht recht geben, weil es klar ist, daß die Mäuse in diesem Fall parteiisch wären.

Weshalb ich das alles schreibe? Ich erkläre es Ihnen in der nächsten Geschichte, die da lautet:

Wer will mich?

Joschi und ich saßen in meinem Arbeitszimmer. Sie kennen doch meinen Freund Joschi. Viel verdienend, viel verbrauchend, befindet er sich immer auf Pumptournee. Einmal handelt es sich um eine Beteiligung an einem Monsterprojekt, ein andermal um die Finanzierung eines Films, dessen Produktion Millionen verschlingen würde (Joschi ist Drehbuchautor), aber eines muß man ihm lassen: Wenn man ihm von einer Million Schilling neunhundertneunundneunzigtausend herunterhandelt und ihm tausend gibt, ist er dankbar und zufrieden und bezahlt sie sogar zurück, sobald es ihm möglich ist. Bei mir war es ihm bisher nur in den seltensten Fällen möglich, aber das tat unserer Freundschaft keinen Abbruch. Heute allerdings habe ich mir fest vorgenommen, ihm nichts zu borgen. Nicht des Geldes wegen, das könnte ich noch verschmerzen, aber er soll mich nicht für dumm verkaufen und glauben, daß er mich mit seiner Überredungskunst immer wieder hereinlegen kann. Vor einigen Jahren – es war zur Zeit der großen Stromknappheit – machte sein Schwager angeblich eine Erfindung, um die ihn Edison beneiden würde, wenn er noch lebte: einen Computer, der mit Holz zu heizen war! Das Kapital für die Produktion des Computers wäre gesichert, behauptete Joschi, was er bräuchte wären hunderttausend Schilling für Prospekte und andere Drucksachen, von denen er auch bereits neunzigtausend beisammen hatte. Kurz: Er wollte zehntausend Schilling von mir. Man bedenke: ein Computer, der sich mit Holz heizen läßt. Welcher Trottel glaubt schon an so etwas? Ich. Ich gab ihm keine zehn-, ich gab ihm nur fünftausend Schilling, die er mir in fünf Monatsraten zurückzahlen wollte. Er setzte einen diesbezüglichen Schrieb auf, der so verklausuliert war, daß ich erst nach Wochen draufkam, daß er mir die fünftausend Schilling nicht in Monatsraten, sondern in fünftausend Monaten in Raten zurückzahlen werde. Das Kleingedruckte ist wichtig. Heute wird er sich wundern. Meine Taschen werden zugenäht sein. Ich war nur neugierig, welche Vorschläge er mir wieder machen wird.

»Also?« begann ich. »Womit kann ich dir dienen?«

»Ist deine Frau zu Hause?« erkundigte er sich.

»Nein.« Meine Frau fürchtete er. Sie kam ihm bisher immer hinter seine Schliche und sah ihn dann so hinauswerfend an, daß er schleunigst von selbst ging.

»Also?« fragte ich nochmals.

»Du hast doch einen Videoapparat?«

»Ja.«

»Du kennst sicher die Sendung ›Wer will mich‹?«

»Ja.« Äußerlich ließ ich mir nichts anmerken, aber innerlich rieb ich mir vergnügt die Hände. Was wird jetzt wieder kommen?

(Zur Erklärung für meine Leserinnen und Leser, die »Wer will mich« nicht kennen: Wöchentlich einmal, an jedem Samstag nachmittag, beschert uns der ORF eine Sendung, die zu den wertvollsten der ganzen Woche gehört. Präsentiert von der hübschen Schauspielerin Edith Klinger werden arme Tiere gezeigt, die kein Zuhause haben und die, meist nach schlimmen Erfahrungen mit Menschen, im Tierschutzhaus landen. Für diese ärmsten der armen Tiere sucht

Edith Klinger Plätze, möglichst Traumplätze, und – was jedem Tierfreund das Herz höher schlagen läßt – sie findet sie, was gar nicht so einfach ist, weil es ja nicht nur problemlose Tiere gibt. Hexi, der Dackel, zum Beispiel mag keine Kinder. Rexi, der Schäferhund, braucht einen Garten mit einer Mauer, damit er nicht durchgehen kann. Murli, die Katze, ist kontaktfreudig und sollte nur gemeinsam mit anderen Katzen gehalten werden. Schnurli, der Kater, liebt die Einsamkeit, ist acht Jahre alt und daher etwas für ältere Menschen. Mucki und Schnucki, die beiden Perser, sind Mutter und Tochter und sollen nicht getrennt werden. Tapsi, der Siamkater, sitzt gerne am Fensterbrett und benötigt ein Gitter, damit er nicht hinunterfällt. Babsi, die Tigerkatze, wurde von ihren Besitzern ausgesetzt und braucht einen Menschen, der besonders lieb zu ihr ist. Arm sind sie alle. Monatelang sitzen sie in ihrem Zwinger, immer in der Erwartung, daß sie jemand holen wird. Katzen, denen das Frauchen weggestorben ist, Kettenhunde, denen das Leben bisher nur Qualen bereitet hat, Scheidungswaisen: Herrchen und Frauchen gehen auseinander, das Tier wird einfach auf die Straße gesetzt usw. Edith Klinger und ihre Helferinnen inspizieren jeden Platz auf das genaueste und geben die Tiere nur dann aus der Hand, wenn alle Bedingungen erfüllt werden. Dafür sollten wir ihnen dankbar sein.)

Aber was will Joschi von der Sendung – und was will er von mir?

»Also?« fragte ich ihn zum drittenmal.

»Paß auf«, sagte Joschi. »Du weißt, wie die Sendung

ankommt. Warum, dachte ich mir, sollten wir, was die Klinger mit Tieren macht, nicht mit Menschen machen können?«

»Mit Menschen?« Ich dachte, nicht recht gehört zu haben.

»Ja«, sprach Joschi auf mich ein. »Eine Art Heiratsmarkt. Ich habe bereits eine Probeaufnahme auf Video gemacht, und zwar mit einigen Leuten, die daran interessiert sind. Hier ist die Kassette. Leg sie ein.« Er gab mir eine Videokassette, ich legte sie ein, drückte auf »Wiedergabe« und setzte mich hin. Es begann.

Der Titel »Wer will mich?« erschien auf dem Bildschirm. Untertitel: »Menschen suchen ein Zuhause.« Titel weg – Joschi sitzt in einem Stuhl.

»Liebe Menschenfreunde«, sagt er in einem Ton, der sich in die Herzen der Zuseher schleicht und von ihnen Besitz ergreift. »Wir beginnen heute mit einer neuen Sendereihe – einer Sendereihe für einsame Menschen. Nicht alle Menschen haben das Glück, ihr Leben in trauter Zweisamkeit zu verbringen. Viele von ihnen sind auf der Suche nach einem Partner, und dabei wollen *wir* ihnen behilflich sein. Kommen Sie, Angelika«, spricht er, zur Seite gewendet. Ein Mädchen erscheint auf dem Bildschirm. »Das ist Angelika«, stellt Joschi sie vor. Ich sehe sie mir an. Sie ist nicht schön, sie ist nicht häßlich – sie ist eines jener Mädchen, mit dem man beisammen sein kann, wenn die Frau ins Zimmer kommt. »Angelika ist zwanzig«, setzt Joschi fort, »und würde es verdienen, ein gutes Plätzchen zu finden. Sie ist sehr anhänglich, sehr treu – und völlig problemlos. Angelika kann man ruhig zu

Kindern nehmen – sie *liebt* Kinder. Beweis: Sie hat schon eins. Angelika ist auch – was viele Männer schätzen – eine altmodische Köchin. Sie sehen das an ihren Fingerspitzen. Halten Sie bitte die Fingerspitzen in die Kamera«, bittet er Angelika. Angelika hält die Fingerspitzen in die Kamera. »Hier können Sie es sehen«, erläutert Joschi. »Altmodische Köchinnen haben verbrannte Finger – moderne Köchinnen haben tiefgekühlte. Danke, Angelika.« Angelika geht aus dem Bild. »Nun kommt ein Rüde«, fährt Joschi fort, »es ist Carlo. Er ist eines unserer Sorgenkinder und wurde uns von einer Touristin aus Italien gebracht. Carlo ist eine Callgallomischung – die Mutter war Callgirl, der Vater Papagallo. Carlo ist lieb und anschmiegsam, und jedes Frauchen wird mit ihm ihre Freude haben. Zeig schön, Carlo, wie du Frauchen küssen kannst.« Carlo spitzt die Lippen. »Ich lege Ihnen Carlo besonders ans Herz. Grazie, Carlo!« Carlo geht aus dem Bild. »Und nun«, spricht Joschi weiter, »kommt etwas für die Herren: Vanessa!« Ein schönes, rothaariges weibliches Wesen erscheint auf dem Bildschirm. »Vanessa«, setzt Joschi fort, »ist reinrassig, bezaubernd und sexy. Was wir für sie suchen ist ein älterer Villenbesitzer mit Swimmingpool und Tennisplatz. Ein Rolls-Royce ist nicht unbedingt nötig, wäre aber kein Hindernis. Vanessa hatte bereits ein gutes Plätzchen, wurde uns aber zurückgebracht, weil sie eines Nachts danebenging. Es gibt eben Menschen, die kein Verständnis für Rasse haben. Solche bitten wir, sich erst gar nicht zu bewerben. Danke, Vanessa!« Vanessa wirft einen sinnlichen Blick in die

WER WILL MICH

Kamera und geht ab. »Jetzt kommt Edi«, kündigt Joschi an. »Komm nur, Edi!« Edi erscheint. Er ist ein Typ, dem ich nicht bei Nacht begegnen möchte. »Edi ist ein echter Macho«, erklärt Joschi, »er ist bereits seit drei Jahren in der Strafanstalt Stein, weil er seine erste Frau umgebracht hat. Ich hoffe, daß dieser Umstand bei unseren Zuseherinnen keine falschen Vorurteile auslöst. Zeig dein Gesicht«, fordert Joschi Edi auf und entschuldigt ihn: »Er ist ein bißchen kamerascheu, was ja kein Wunder ist, wenn man bedenkt, wie ihn die bösen Journalisten und Fotografen gequält haben. Was Edi braucht, ist viel Liebe und Verständnis. Er ist heute nur auf Urlaub hier, weil er noch den Rest seiner Strafe abzusitzen hat, und kann in drei Monaten abgeholt werden. Die einzige Bedingung, die wir stellen, ist eine Alarmanlage zur nächsten Polizeistation. Die Kosten übernehmen wir. Du kannst gehen, Edi.« Edi wird von zwei Polizisten abgeführt. »Nun kommen Betty und Netty«, spricht Joschi weiter, »es sind Mutter und Tochter, sie werden daher nur gemeinsam abgegeben. Auch sie hatten bereits ein Plätzchen, Netti, die Tochter, wurde geheiratet – als aber ihr Mann seiner Schwiegermutter sagte, daß in seinem Haus kein Platz für drei sei und sie ein Stockwerk aufbauen lassen wollte, brachte er beide zurück. Nun sind die beiden –«
»Genug!« unterbrach ich ihn, stellte den Apparat ab, nahm die Kassette heraus und gab sie ihm zurück. »Die Idee ist super«, sagte ich mit falscher Bewunderung. Ich war wirklich neugierig, wie weit Joschi gehen würde, was und wieviel er mir herauslocken woll-

te. »Was willst du also von mir?« fragte ich scheinbar unschuldig.

»Du weißt doch«, antwortete Joschi mit dem gewissen Blick, den er immer hat, bevor er mich aufs Kreuz legt, »daß die Sendung ›WER WILL MICH‹ von einer Dame moderiert wird, also von einem Menschen.«

»Ja.«

»Jetzt kommt meine Idee. Die Idee des Jahrhunderts!« Sonst sagte er immer »Die Idee des Jahres«, es mußte also heute etwas Besonderes sein, was er mir einreden wollte.

»Und zwar?« fragte ich harmlos, während ich mich innerlich vor Lachen krümmte. »Was für eine Idee ist das?«

»Nachdem die Tiere von einem Menschen moderiert werden«, setzte Joschi fort, »werde ich die Menschen von einem Tier moderieren lassen.«

»Von einem Tier?« So eine Frechheit hätte ich nicht erwartet.

»Ja«, sagte Joschi. »Von einem Papagei.«

»Von einem Papa –« Ich brachte den Mund nicht zu.

»– gei«, vollendete Joschi den Satz. »Natürlich von einem dressierten. Ich kenne einen Artisten, der einen solchen Vogel besitzt. Er verlangt hunderttausend Schilling für ihn – neunzigtausend habe ich schon. Wenn du mir die restlichen zehntausend gibst, bist du dafür an der Sendung beteiligt.«

Ich wollte ihm eben meine Meinung sagen, als meine Frau nach Hause kam. Joschi wollte sich schnell entfernen, aber schon kam sie zur Tür herein. »Du bist

hier, Joschi?« fragte sie und zog die Stirne kraus. »Ich habe dir doch gesagt, daß du –«
»Sei nicht so unwirsch«, unterbrach ich sie schadenfroh. »Joschi hat einen blendenden Vorschlag!« Ich erzählte ihr Joschis Idee. »Und die Sendung«, beendete ich meine Schilderung, »will er von einem –« ich verbiß mir das Lachen – »Papagei moderieren lassen!« Meine Frau läßt sich nicht gern zum besten halten, also mußte sie jetzt grob werden. Aber nein. Ich hatte vergessen, daß sie eine Tierfreundin ist, wie man nicht bald eine findet. »Von einem Papagei?« rief sie entzückt. »Das ist ein herrlicher Einfall! Erzähl mir mehr darüber, Joschi!«
Jetzt war Joschi in seinem Element. Er erzählte, er schmückte aus, er spielte die Kassette vor, und er verließ mit einem Scheck, lautend auf zehntausend Schilling, unser Haus. Das war mir zuviel. Wenn ich ihm einen solchen Scheck gegeben hätte, was hätte sie mir da alles erzählt! Es entspann sich ein Streit – aber was ist schon ein Streit? Zwei Meinungen, die miteinander verheiratet sind. Ich warf die Türen hinter mir zu und ging ins Kaffeehaus.

Jetzt sitze ich da. Wer will mich?

Über die Ehe wurde schon vieles gesagt. Dichter und Denker haben sich mit ihr befaßt. Philosophen haben sie definiert.
Die Ehe, sagt der eine, ist eine unfehlbare Methode, aus einem heißen Verehrer einen kalten Kritiker zu machen.
Die Ehe, sagt der zweite, ist eine populäre Form der Meinungsverschiedenheit. Der Mann meint, die Frau sollte weniger ausgeben – die Frau meint, der Mann sollte mehr verdienen.
Heinrich Heine sagt: Die Musik beim Hochzeitsgeleite erinnert mich immer an die Musik, zu der die Soldaten in die Schlacht ziehen.
Das Thema »Liebe« behandelt er mit mehr Poesie. Da sagt er, nach einer Enttäuschung, die er in punkto Liebe erlebt hat:

Es ist eine alte Geschichte,
Doch bleibt sie ewig neu,
Und wem sie just passieret,
Dem bricht das Herz entzwei.

Ich *sage nichts dazu. Ich sage nur:*

Heinrich Heine – weine!

»Schorschili«, sagte Patricia schmeichelnd und blickte ihrem Verlobten treuherzig in die Augen. Er hieß Georg, aber sie nannte ihn Schorschili. »Schorschili«, sagte sie also, »ich habe über uns beide nachgedacht. Wir sind schon einige Jahre miteinander verlobt. Denkst du nicht auch, daß wir endlich einmal heiraten sollten?«

Wahrscheinlich erwarten Sie jetzt, daß Schorschili sagt: »Natürlich denke ich das, aber wer nimmt uns jetzt noch?« Falsch gedacht. Ich verabscheue alte Witze. Meine Feder sträubt sich, sie zu Papier zu bringen, die Typen meiner Schreibmaschine verhaken sich ineinander, das Farbband reißt. Sie werden es schwer haben, in meinen Büchern alte Witze zu finden, außer Sie haben die nötige Geduld dazu. Außerdem gilt bei Witzen der Grundsatz: Was länger als sechs Jahre nicht da war, ist wieder neu.

Schorschili schluckte also, bevor er antwortete: »Natürlich denke ich das auch, aber du weißt ... mein Einkommen ... ich bin ja schließlich nur ein kleiner Bankangestellter ...«

Patricia schloß ihm die Lippen mit einem Kuß. »Sprich nicht von Geld«, sagte sie. »Ich will endlich mit dir beisammen sein. Du wirst sehen, wenn eine Frau es versteht hauszuhalten, brauchen zwei nicht mehr als einer. Wir nehmen uns eine kleine Wohnung ... zwei Zimmer ...« Bald darauf war die Hochzeit.

»Schorschili«, sagte Patricia einige Monate später, »ich habe über uns beide nachgedacht. Jetzt, wo wir verheiratet sind – meinst du nicht auch, daß wir etwas Kleines –?«

»Ein Kind?« fragte Schorschili glücklich.
»Ein Auto«, erwiderte Patricia. »Du bist doch jetzt immerhin stellvertretender Filialleiter – du *mußt* einfach einen Wagen haben.« Der Wagen wurde gekauft.
»Schorschili«, flüsterte Patricia eines Nachts im Bett. Schorschili las eben einen Krimi. »Ja?« fuhr er auf.
»Ich habe über uns beide nachgedacht«, setzte Patricia fort. »Jetzt bist du doch richtiger Filialleiter. Sollten wir jetzt nicht wirklich etwas Kleines –?«
»Noch ein Auto?« fragte er erschrocken.
»Ein Kind«, hauchte sie leise. Schorschili war selig. Er hatte sich schon längst ein Kind gewünscht. »Ja«, sagte er beglückt und drehte das Licht aus.
Sie erwarteten das Kind mit Ungeduld. Wenn es ein Bub wird, nahmen sie sich vor, sollte es Hans heißen, wenn es ein Mädchen wird, Grete. Das Kind kam. Es hieß Hans und Grete. Es waren Zwillinge.
»Schorschili«, meinte Patricia, als sie mit den beiden Babys aus dem Sanatorium kam. »Ich habe über uns vier nachgedacht. Wir sind doch jetzt eine Familie. Glaubst du nicht, daß wir ein kleines Haus mit einem kleinen Garten kaufen sollten?« Das Haus wurde gekauft. Es war ein *großes* Haus mit einem *großen* Garten. Natürlich außerhalb der Stadt, im Grünen.
Schorschili kam in den Vorstand, er wurde Aufsichtsrat, Verwaltungsrat, Direktor, Generaldirektor. »Schorschili«, rief ihn Patricia eines Tages an, »ich habe über uns beide nachgedacht. Unsere Kinder sind erwachsen, Hans hat eine Freundin, Grete einen Freund, sie geben Partys für Leute, die uns nicht ge-

fallen, sie machen laute Musik, die uns nicht behagt – meinst du nicht auch, daß es besser wäre, wenn wir ihnen das Haus überließen und wieder in die Stadt zögen? Wir könnten uns eine kleine Wohnung nehmen, ohne viel Personal, nur für uns beide allein. Ich habe schon etwas im Auge.«

»Klingt gut«, sagte Schorschili. »Besprechen wir es, sobald ich nach Hause komme. Es wird übrigens heute etwas später werden, weil ich noch mit meinem japanischen Partner Mr. Mutschibutschi zu tun habe.«

»Eil dich nicht«, beruhigte ihn Patricia, »ich bin noch bei meiner Schneiderin.«

»Gut.« Schorschili legte den Hörer auf. »Mutschibutschi«, flüsterte er zärtlich. Es war der Kosename, den er seiner Sekretärin gegeben hatte. Mutschibutschi, eine attraktive Blondine, kam, ein Glas Whisky in der Hand, auf hohen Absätzen aus dem Schlafzimmer auf ihn zu. »Ich habe über uns beide nachgedacht. Meine Frau und ich werden wieder in die Stadt ziehen – da können wir dann an den Abenden länger beisammenbleiben.«

»Klingt gut«, sagte auch Mutschibutschi und gab ihm einen Kuß.

Ich bin aber noch nicht fertig. Auch Patricia hatte den Hörer aufgelegt. »Ich habe eine gute Nachricht für dich, Seppili«, sagte sie zu ihrer »Schneiderin«, einem gutaussehenden Mann Mitte der Dreißig. Er hieß Josef, aber sie nannte ihn Seppili. »Ich habe über uns beide nachgedacht. Mein Mann und ich werden wieder in die Stadt ziehen – da können wir dann an den Abenden länger beisammenbleiben.«

»Klingt gut«, sagte jetzt auch Seppili und gab ihr einen Kuß.

Wie sagt Heine?

Es ist eine alte Geschichte,
Doch bleibt sie ewig neu,
Und wem sie just passieret,
Der fühlt sich wohl dabei.

Ich komme vom Kabarett. Ich leugne es nicht, und ich möchte die Zeit nicht missen, in der ich für das Kabarett geschrieben habe. Es war ein anderes Kabarett als das heutige. Wir wollten nicht aussagen, wir wollten lachen machen. Und die Leute dankten es uns. Besonders jene, die hinter dem Lachen das Quentchen Wahrheit spürten. Und wenn wir angegriffen haben, was auch oft geschah, dann war es der Angegriffene, der, wenn er im Zuschauerraum saß, am meisten darüber lachte. Heute? Glauben die heutigen Kabarettisten wirklich, daß sie mit ihren Chansons die Welt verändern können? Ich kann es mir nicht vorstellen. Ich bleibe bei meiner, durch jahrzehntelanger Beobachtung gewonnenen Überzeugung: Die Leute wollen lachen. Ein altes Sprichwort sagt: Lachen ist die beste Medizin. Heute, wo jedes Magazin einen »Ärztlichen Ratgeber« oder eine »Besser leben«-Rubrik hat, müßte es natürlich heißen:

Lachen ist das beste Pharmakon

Wir saßen im Kaffeehaus: Robinson, Mario und ich. Plötzlich kam Wronsky, unser aller Dentist, zur Tür herein, nervös, aufgeregt, zerfahren. Wortlos, ohne den Mantel abzulegen, setzte er sich an unseren Tisch.
»Was hast du?« fragte Robinson verwundert.
»Nichts.«
»Du *mußt* etwas haben«, meinte Mario.
»Wenn ich sage, ich habe nichts, dann habe ich nichts«, erklärte Wronsky dezidiert.
»Du hast gestritten«, stellte ich fest.
»Ja.«
»Mit wem?«
»Mit wem!« wiederholte Wronsky gequält. »Ich bin kein streitsüchtiger Mensch. Wenn ich mit jemandem streite, streite ich mit meiner Frau.«
»Erzähle!« sagten wir alle drei und spitzten die Ohren. Wir witterten etwas. Etwas lag in der Luft. Robinson, der Anwalt, erhoffte sich einen Scheidungsprozeß, Mario, der Textdichter, einen neuen Schlagerrefrain (»Wir haben gestritten, ich habe gelitten«) und ich, ich sage es ehrlich, rechnete zumindest mit einer ehelichen Szene für mein neues Kabarettprogramm. »Wie hat es angefangen?« erkundigte ich mich, scheinbar mitfühlend.
»Ich weiß es nicht«, antwortete Wronsky verzweifelt, »aber wer weiß bei einem Streit mit der eigenen Frau schon, wie er angefangen hat? Ich kam heute Mittag gut gelaunt nach Hause, sagte zu meiner Frau ›Servus Vera‹ und habe gelacht.«
»Warum?« fragte Robinson.
»Das hat meine Frau auch gefragt.«

»Unterbrecht ihn nicht«, bat ich, »und laßt ihn zusammenhängend erzählen.« Ich wußte, so würde ich am besten entscheiden können, ob sich aus der Szene eine Szene machen läßt oder nicht. »Fang an!« forderte ich Wronsky auf. »Erzähle!« Und Wronsky begann:

»Ich kam also heute Mittag gut gelaunt nach Hause, sagte zu meiner Frau ›Servus Vera‹ und habe gelacht.

›Warum lachst du?‹ fragte Vera, die eben den Tisch deckte.

›Weil ich Goldmann getroffen habe.‹

›Das ist so lustig?‹

›Das allein nicht, aber du hättest sein Gesicht sehen sollen. Er sah so traurig drein wie ein Dackel, der eben erfahren hat, daß er das Hundefutter, für das er im Fernsehen Reklame macht, jetzt auch selber fressen muß.‹

›Und? Hast du ihn nicht gefragt, was ihm fehlt?‹

›Natürlich habe ich das. Er hat gesagt, seine Frau fährt morgen auf Skiurlaub.‹

›Deshalb braucht er doch kein trauriges Gesicht zu machen.‹

›Das habe ich ihm auch gesagt.‹

›Und was hat er geantwortet?‹

›Er *muß* ein trauriges Gesicht machen, sonst fährt sie nicht.‹

Ich lachte wieder.

›Sehr lustig‹, meinte Vera gereizt. ›Ich kann mir denken, wie ihr über uns Frauen redet, wenn ihr im Kaffeehaus beisammensitzt. Was wißt denn ihr von der Psyche einer Frau? Eine Frau ist ein Wesen, das leidet und schweigt –‹

›Das aber nachher eine Menge drüber erzählt‹, ergänzte ich den Satz.
›Wie meinst du das?‹ fragte Vera. Ihr Ton wurde scharf wie eine Rasierklinge. ›Rede ich dir vielleicht zuviel?‹
›Zuviel nicht‹, antwortete ich, ›bloß zu lang.‹ Das hätte ich nicht sagen sollen. Veras Lippen wurden schmal, ihre Augen schossen Blitze. ›Ich werde überhaupt nichts mehr reden!‹ sagte sie heftig. ›Es interessiert dich ja sowieso nicht, was ich mache!‹
›Da irrst du‹, sagte ich ruhig, weil ich weiß, daß sie das nicht ausstehen kann. ›Gestern zum Beispiel hätte es mich sehr interessiert zu wissen, wie du die Spaghetti gemacht hast, die wir zum Abendessen hatten.‹
›Warum?‹ fragte sie drohend.
›Weil sie geschmeckt haben wie gekochte Schnürsenkel.‹
›So!‹ stieß sie kurz hervor, und dieses kurze ›so‹ von ihr kenne ich. Sie sagt es in einem Ton, wie wenn die TV-Kommissare durch ein Megaphon brüllen: Geben Sie auf! Es hat keinen Zweck sich zu wehren! Das Haus ist umstellt! ›So!‹ sagte sie nochmals. ›Wenn dir mein Essen nicht schmeckt, warum hast du dann neulich deinem Neffen erzählt, daß du mich schon meiner Kochkunst wegen geheiratet hättest?‹
›Weil mir im Moment keine andere Ausrede eingefallen ist‹, sagte ich.
Vera wurde übertrieben liebenswürdig. ›Willst du streiten?‹ fragte sie mich mit süßsaurem Gesicht.
›Ich will nicht‹, sagte ich, ›du zwingst mich dazu.‹
Sie machte einen Knicks wie am Hofe Ludwigs XV.

und sagte ironisch: ›Eh bien, monsieur!‹ Hoppla, durchfuhr es mich, wenn Vera französisch spricht, heißt es aufpassen. Sie weiß, daß ich nicht Französisch kann und will mich meine Armseligkeit fühlen lassen. Dabei bin ich gar nicht so sicher, ob auch alles richtig ist, was sie sagt. Ich für meine Person, weiß nur, was ›Attention à la peinture‹ heißt – und das auch nur, weil ich mich in Paris einmal auf eine frisch gestrichene Bank gesetzt habe. Einen andern Satz weiß ich nicht, und der paßt nicht auf alles. ›Oh‹, fuhr sie bedauernd fort, ›tu ne comprends pas français. Du kannst nicht Französisch. Das hatte ich vergessen. Unsere Tochter ist zwar erst fünfzehn, aber Französisch spricht sie wie ihre Mutter. Ich habe dem Kind, Gott sei Dank, dieselbe Erziehung angedeihen lassen, die ich von zu Hause her gewohnt war, während du –? Aber lassen wir das. Unsere Tochter, wollte ich sagen, ist zwar erst fünfzehn, und weißt du, was sie mir neulich in perfektem Französisch gesagt hat? Daß wir Frauen heute gleichberechtigt sind und daß ich es nicht nötig hätte, mich von dir tyrannisieren zu lassen!‹

Jetzt war es mit meiner Ruhe vorüber. ›Das hat sie gesagt?‹ schrie ich. ›Ich möchte wissen, von wem dieser Fratz seine böse Zunge hat!‹

›Von mir nicht‹, meinte Vera maliziös.

›Das weiß ich‹, schrie ich weiter. ›Du hast sie ja noch!‹

Jetzt begann auch sie wieder laut zu werden. ›Du bist der gemeinste Mensch, den ich je kennengelernt habe!‹ tobte sie. ›Was wäre denn ohne mich und ohne das Geld meines Vaters aus dir geworden? Was hast du denn schon gemacht vor der Ehe?‹

›Was ich wollte!‹ tobte ich zurück. ›*Du* machst ja sogar *in* der Ehe, was du willst! Oder kümmerst du dich um mich, wie es deine Pflicht wäre? Wenn du dein Opernabonnement oder deine Bridgepartie hast, wirfst du mir anstatt eines Abendessens ein verkümmertes Sandwich auf den Tisch! Ebenso wenn du in deinen Weight-Watcher-Club gehst! Wobei ich zugeben muß, daß der Club wenigstens ein Erfolg ist! Seitdem du hingehst, habe ich schon fünf Kilo abgenommen!‹

›Meine Behandlung gefällt dir also nicht!‹ zischte Vera. »*Ich* wollte dich *nicht* heiraten! *Du* wolltest es unbedingt! Und ich weiß auch, warum! Erstens warst du des Alleinseins müde –«

›Da muß ich schon sehr müde gewesen sein‹, warf ich ein.

›Und zweitens«, fuhr sie fort, »warst du bis über beide Ohren in mich verliebt!‹

›Ha!‹ lachte ich spöttisch. ›Bis über beide Ohren! Das hast du mir schon von zehn anderen Männern erzählt! Wenn alle bis über beide Ohren in dich verliebt waren – warum hast du dann gerade mich genommen?‹

›Weil du die größten Ohren hattest!‹ kreischte sie.

Jetzt sah ich rot. ›Wenn dir meine Ohren *auch* nicht mehr gefallen‹, brüllte ich, ›dann frage ich dich nochmals, warum du gerade mich genommen hast!‹

›Soll ich es dir sagen?‹ fragte Vera.

›Ja!‹

›Ins Gesicht?‹

›Ins Gesicht!‹

›Gut, wenn du es durchaus hören willst: Aus Mitleid!

Aus purem Mitleid! Weil du so verlassen warst! So vernachlässigt! Niemand hat sich um dich gekümmert! Meine Eltern haben dich zum erstenmal zum Abendessen eingeladen – und wie bist du erschienen? Mit einem Sakko, auf dem ein Fettfleck war!‹

›Ein Fettfleck?‹ brüllte ich weiter.

›Ja!‹ schnaubte Vera. ›Ein Fettfleck! Ich habe mich vor meinen Eltern geschämt! So, dachte ich mir, kann ich den Mann nicht herumlaufen lassen.‹

›Du hast mich also eines Fettflecks wegen geheiratet?‹ fragte ich wütend.

›Im Grunde genommen – ja!‹

›Und wann soll das gewesen sein? Wann haben deine Eltern mich zum Abendessen eingeladen?‹

›Das mußt du doch wissen‹, wunderte sich Vera. ›Vor sechzehn Jahren.‹«

Wronsky schwieg.

»Weiter«, forderte Robinson ihn auf.

»Wo ist die Pointe?« drängte ich.

»Die Pointe?« wiederholte Wronsky und sah uns aus traurigen Augen an. Dann öffnete er seinen Mantel, zeigte auf sein Sakko und sagte: »Der Fettfleck ist noch immer drin.«

Haben Sie schon bemerkt, daß unser heutiges Leben von Zahlen bestimmt wird? Computer, Finanzamt, Statistik – alles auf Knopfdruck. Ein Knopfdruck, und wir wissen, was in Bangkok die Eier kosten. Wir erreichen einen gewissen Wohlstand, ein Knopfdruck, und wir wissen, wann wir ihn ans Finanzamt schicken müssen. Ein Knopfdruck, und wir können beweisen, daß ein Autofahrer 250 km in der Stunde macht, obwohl er nur sechs Minuten fährt. Alles auf Knopfdruck. Natürlich hat jeder Knopfdruck seine eigene Zahl. Das Behandeln dieser Zahlen bringt natürlich einen neuen Beruf mit sich, und das ist

Der Zahlen-in-Coiffeur

Wir leben in einer total ver-zahlten Zeit. Alles muß mit Zahlen belegt, bewiesen und untermauert werden, ohne Zahlen findet man keinen Glauben. Aber stimmen sie auch immer, diese Zahlen? Nein. Für einen Schilling, heißt es, bekommt man ein Stück Brot. Wo? In den Rechenaufgaben der ersten Volksschulklasse. In Wirklichkeit bekommt man für einen Schilling höchstens eine Briefmarke. In der Wirtschaft und bei den exakten Wissenschaften sieht man es ja noch ein, daß es ohne Zahlen nicht geht, aber gab es früher soundso viele Gebiete, die nichts mit Zahlen zu tun hatten, wird man jetzt förmlich von Zahlen überrannt. Von der Paßnummer über die Autonummer bis zur Telefon-, Konto- und Bankomatnummer. Tausende sind heute schon beschäftigt, von überallher neue Zahlen und Daten zusammenzutragen, und bald werden die Menschen nur zu *einer* Tätigkeit kommen: zur Datenverarbeitung. Zudem will man überall *ehrliche* Zahlen sehen, besonders in der Politik und beim Finanzamt. Aber mit ehrlichen Zahlen zahlt man drauf. In der Politik sind sie unpopulär, und um beim Finanzamt ehrlich zu sein, muß man betrügen.

Kein Wunder also, wenn es Mode und Selbsthilfe geworden ist, die Zahlen zu frisieren. Und so erzähle ich Ihnen, liebe Leserinnen und Leser, die Geschichte von dem kleinen Hansi X., der es auf diesem Gebiet zu einem wahren Meister, man kann ruhig sagen zu einem einmaligen Künstler gebracht hat. Es kam so:

Als kleiner Junge, als er noch »Hansi« hieß, war es ihm eine Freude gewesen, die Puppen seiner Schwester mit tollen Haarkreationen zu versehen. Mit fünfzehn hieß er »Hans«, er ergatterte eine Lehrstelle bei einem kleinen Vorstadtfriseur, aber er frisierte und ondulierte, fixierte und shampoonierte, so daß er bald weit über die Grenzen des Geschäftes hinaus bekannt war. Mit siebzehn wurden ihm bereits die ersten internationalen Preise verliehen, bei der Meisterprüfung fielen den Prüfern vor Bewunderung die Augen aus den Köpfen, bald darauf machte er sich selbständig, nannte sich »Johnny« und »Hairstyler«, sein Friseurladen wurde ein »Hairstylingstudio«, er versammelte die gesamte noble Kundschaft um sich, die Damen schworen auf ihn, sie wurden ihm hörig. Er bestimmte Stil und Geschmack, sein Ideenreichtum konnte nicht übertroffen werden, er zauberte mit Kamm und Schere, formte wie ein Picasso und färbte wie ein Tizian. Unter seinen Händen wurden Hausfrauen zu Vamps, Hohlköpfe zu Charakterköpfen. Er hatte mit großen Zahlen zu tun, und als er roch, daß beim Zahlenfrisieren weit mehr zu holen war als beim Haarefrisieren, wechselte er ohne Wimperngezucke die Branche. Aus dem Hairstyler wurde ein Zahlencoiffeur. Ein gesuchter Zahlencoiffeur. Ein Zahlen-in-Coiffeur. Nur ließ er jetzt seine Kreativität bei den Zahlen blitzen.

Rote Zahlen färbte er schwarz, fette schwarze bürstete er so glatt, daß die Steuer sie nicht mehr kürzen konnte, fallende Zahlen wurden elegant auftoupiert, Löwenmähnen von Erfolgszahlen konnten auf Wunsch aufgeblondet oder glatt geschoren werden – und natürlich alles streng diskret.

Meist wünschte sich die Kundschaft zwischen Einnahmen und Ausgaben einen korrekten Scheitel, damit auf keiner Seite eine Pechsträhne herunterhängen konnte. Johnnys Erfolge sprachen sich herum. Alles, was Rang, Namen und dicke Börsen hatte, gab sich bei ihm ein Rendezvous. Selbst Pop-Idole, die mit Kiesverachtung publikumswirksam auf die Pauke hauten, ließen bei Johnny ihre Plattenmillionen frisieren, damit sie high aus der Steuer steigen konnten.
Nun kamen auch die politischen Parteien mit ihren Zahlen. Die Regierungsparteien verlangten sofort, daß ihre Zahlen auf besonders attraktiv und fortschrittlich herausfrisiert werden sollten, damit sie allgemeinen Beifall fänden. Außerdem sollten sie fest mit Allwettertaft besprüht werden, um dem Sturme der Kritik standhalten zu können. Die Opposition, die jüngeren Parteien, wünschten sich ein freches, gleich ins Auge springendes Styling, wobei die Ansätze korrekter wirken sollten als bei der Regierung. Sie bestellten eine gründliche Kopfwäsche für die Etablierten und eine ordentliche Festigung der Parteisubventionszahlen mit einem besonders parfümierten Festiger, damit sie nicht in den üblen Geruch kämen, es den alten gleichzutun.
Johnny hatte alle Kämme voll zu tun, um seine Kunden zufriedenzustellen. Besonders arg wurde es vor großen Budgetschlachten. Da verlangten die einen für die gleichen Zahlen ein Langkämmen und Schönfärben, die anderen ein Kürzen und Beschneiden, ja manche sogar eine totale Glattrasur. Johnny wußte nicht wem recht geben, aber am Ende kriegte er die

Sache immer hin. Er war eben ein In-Coiffeur par excellence. Sein Betrieb wuchs von Tag zu Tag, ständig mußte er ihn vergrößern.
Nun verlangte das Ausland nach ihm. Er ging auf Reisen, frisierte für alle Regierungen, in Frankreich wurde er Mitglied der Ehrenlegion, in Italien wurde er zum Commmendatore ernannt, in Großbritannien erhielt er aus der Hand der Queen den Titel »Sir«. Seine Brust konnte die Orden nicht tragen, die ihm verliehen wurden. Er kehrte zurück und erwartete einen großen Bahnhof. Aber anstatt von Regierung und Parteienvertretern empfangen zu werden, warteten zwei Polizisten auf ihn. Was war geschehen?
Unter dem Druck der Aufträge und Termine waren seine Angestellten nicht dazugekommen, die Zahlen ihres Chefs zu frisieren. Man machte ihm den Prozeß wegen Steuerhinterziehung, seine Geschäfte wurden beschlagnahmt, sein Vermögen konfisziert. Die alten Meister, die die Wände seines Palais geschmückt hatten, wurden versteigert, und er war glücklich, daß ihn *sein* alter Meister, bei dem er das Friseurhandwerk erlernt hatte, als Gehilfe nahm.
So kommt es, daß draußen in der Vorstadt ein Ritter der Ehrenlegion die Kunden rasiert, ein Commendatore die Haare schneidet und ein Sir die Köpfe wäscht.

Lichtenberg sagt: »Ich möchte was darum geben, genau zu wissen, für wen eigentlich die Taten getan worden sind, von denen man öffentlich sagt, sie wären für das Vaterland getan worden?«
Ich antworte ihm: »Für das Finanzamt.«

Demokratie ist die Staatsform, in der jeder Bürger wählen kann, welche Regierung ihm in den nächsten vier Jahren das Geld wegnehmen darf.
Wie ich auf Demokratie komme, liebe Leserinnen und Leser? Schiller sagt in »Wallensteins Lager«: »Was nicht verboten ist, ist erlaubt.« Das wäre eigentlich Demokratie. In der Diktatur ist es anders. Da heißt es: »Was nicht erlaubt ist, ist verboten.«
Wie ich auf Diktatur komme, liebe Leserinnen und Leser? Weil meine nächste Geschichte von Verboten handelt. Drum auch der Titel:

Verboten ist, was ...

Ich saß an meinem Schreibtisch und wollte arbeiten. *Sollte* arbeiten, denn wer will schon? Es war ein herrlicher Frühlingsvormittag. Die Sonne lachte durch das Loch in der Ozonschicht auf die Erde, die Menschen streiften durch die Wälder, als machten sie den beschädigten Bäumen Krankenbesuche. Aber was schreibe ich denn da? So wird eine Geschichte vielleicht in zwanzig Jahren beginnen. Vielleicht. Hoffentlich nicht. Also, nochmals von vorne:

Ich saß an meinem Schreibtisch und wollte arbeiten. Es war ein herrlicher Frühlingsvormittag, die Sonne lachte vom Himmel auf die Erde, und die Menschen streiften durch die Wälder. Wie immer, wenn ich arbeite, zogen die Gedanken wie ein Eisenbahnzug an meinen Augen vorüber. Ich brauchte nur »Stop« zu sagen und einen von ihnen herausholen. Schade, daß die Waggons alle leer waren. Macht nichts. In fünf Minuten kommt der nächste Zug. Plötzlich hörte ich es an der Türe läuten. Meine Frau öffnete, trat ins Zimmer und unterbrach die Frühlingsidylle mit dem harten Satz: »Ladi ist da!«

»O nein!« rief ich wütend aus. Ich weiß nicht, wie ich auf den folgenden Vergleich kam, ich weiß auch nicht, was Karl May mit Ladi zu tun hat, ob er überhaupt etwas mit ihm zu tun hat, aber mir war plötzlich, als ob ich als Kundschafter der Apachen mit dem Ruf »Die Comanchen kommen!« in das Lager galoppiert käme. Ich wollte noch etwas über die Anzahl der feindlichen Angreifer sagen, aber schon erreichte mich ein aus dem Gebüsch kommender Pfeil und riß mich vom Pferd.

»Uff!« sagten die Indianer. »Zum Teufel!« sagte ich. »Küß die Hand, Onkel!« sagte mein Neffe Ladi, damals acht.

»Ich lasse euch allein«, lächelte meine Frau und verließ das Zimmer. Feigheit. Was hatte sie am Standesamt geschworen? Daß sie mich nie verlassen werde, weder in guten noch in bösen Zeiten. Und nun? Was hatte ich bloß von Comanchen gefaselt. Gegen diesen Bengel waren alle Comanchen Engel. Ladi war kein Indianer, Ladi war ein Zerstörer, ein Ungeheuer, ein Monstrum!

Ich zwang mich, freundlich zu sein. »Willst du etwas, Ladi?« fragte ich.

»Nein«, antwortete Ladi. »Ich wollte dir bloß ›Guten Morgen‹ sagen.«

»Das freut mich.« Gott wird mir die Lüge verzeihen. »Aber etwas scheinst du ja doch zu wollen, weil du dich so suchend umschaust. Also?«

»Hast du Trüffelbonbons?« ging Ladi auf sein Ziel los.

»Heute nicht. Das heißt, um die Wahrheit zu sagen, ich habe schon welche.«

»Sagst du immer die Wahrheit?«

»Ja«, log ich wieder.

»Wenn du welche hast, warum gibst du mir keines?«

»Weil ich nicht darf. Deine Mutter hat es verboten, weil du vor dem Essen nicht naschen sollst, sonst hast du zu Mittag keinen Appetit.«

»Ich habe immer Appetit.«

»Egal. Dein Vater hat es auch verboten.«

»Ist alles, was gut und schön ist, verboten?«

»Nein. Es gibt weit mehr häßliche Dinge als schöne, die verboten sind.«
»Ist die Inge häßlich?« Inge war die Sekretärin von Ladis Vater.
»Im Gegenteil. Warum?«
»Weil die Mutti dem Vati verboten hat, während der Mittagszeit mit der Inge essen zu gehen.«
»Das ist etwas anderes«, sagte ich schnell. »Das versteht du nicht.«
»Immer, wenn die Erwachsenen keine Antwort wissen, sagen sie, daß wir Kinder es nicht verstehen.«
»Weil wir euch nicht belügen wollen. Lügen ist ja ebenfalls verboten. Lügen haben noch nie jemandem einen Vorteil gebracht.«
»Doch«, sagte Ladi verschmitzt. »Dem Koritschoner. Der hat gestern in der Schule gesagt, daß seine Schwester Scharlach hat, drauf hat ihn der Lehrer nach Hause geschickt.«
»Und?« fragte ich. »Hat sie keinen Scharlach?«
»O ja«, lachte Ladi, »aber sie lebt in Amerika.«
Ich zwang mich zur Ruhe. »Du solltest dich schämen, über so etwas zu lachen«, fand ich. »Dürfen Kinder so lügen?«
»Nein«, meinte Ladi.
»Sondern?« versuchte ich, ihn auf den richtigen Weg zu bringen. »Sie müssen –?«
»Sie müssen warten, bis sie erwachsen sind«, ergänzte Ladi.
»Nein!« schrie ich.
Ladi wurde unglücklich. »Wie soll denn ein Kind wissen, was verboten ist und was nicht?«

»Das ist nicht schwer«, sagte ich. »Du weißt doch, was ein Hauptwort ist?«
»Ja. Ein Hauptwort ist ein Wort, vor das man einen Artikel setzen kann.«
»Richtig«, staunte ich. »Sag mir ein solches Wort.«
Ladi dachte einen Augenblick nach, dann sagte er: »Wagen.«
»Sehr gut. *Der* Wagen. Kann man den Artikel auch hinter das Hauptwort setzen?«
»Ja.«
»Nein!« schrie ich.
»Doch, Onkel.«
»Dann nenne mir ein solches Wort.«
»Spargel«, sagte Ladi ruhig. »Man sagt ›Der Spargel‹, aber wie ich neulich mit dem Vati auf der Bank war, habe ich gelesen ›Spargel-der‹.«
»Das ist etwas anderes!« schrie ich wieder. »Den Artikel hinter das Hauptwort zu setzen ist verboten! Verboten! Verboten!« Aber recht geschah mir. Warum mußte ich mit ihm über Grammatik reden? »Etwas anderes«, versuchte ich mich zu beruhigen. »Paß auf. Jedes Hauptwort, welches mit der Vorsilbe ›Un‹ beginnt, drückt etwas Unangenehmes aus und gehörte verboten.« Ich brachte ihm einige Beispiele: »Unsitte, Unfriede, Unfug –«
»Unterricht«, setzte er fort.
»Unterricht nicht!« regte ich mich wieder auf. Warum begann ich immer mit der verdammten Grammatik? »Unterricht ist etwas Schönes! Sei froh, daß du einen so guten Lehrer hast!«
»Woher weißt du, daß er gut ist?«

»Weil er alle Antworten weiß! Oder nicht?«

»Die Antworten weiß er, aber nur, wenn er selber die Fragen stellt. Neulich habe ich ihn gefragt: ›Wenn eine giftige Schlange einen giftigen Pilz frißt, stirbt dann die Schlange oder wird sie noch giftiger?‹ Er hat es *nicht* gewußt.«

»Wir wollten von Verboten reden«, sagte ich hastig, weil ich das auch nicht wußte. »Verboten ist es zu morden, zu stehlen, die Ehe zu bre – na ja«, unterbrach ich mich, weil er mich so komisch anblinzelte. »Verboten«, setzte ich fort, »ist es, einen anderen Menschen zu schädigen. Nimm an, es lockt jemand deinem Vater hunderttausend Schilling heraus. Was ist das für ein Mensch?«

»Ein Künstler«, sagte Ladi bewundernd.

»Ein Betrüger!« schrie ich. »Ein solcher Mensch gehört eingesperrt!«

»Ist Herr Lederer auch ein Betrüger?«

»Warum?«

»Weil er eingesperrt ist.«

»Lederer ist nicht wegen Betrugs eingesperrt. Lederer hat deiner Tante die Ehe versprochen, hat sie in allerlei Geschäfte verstrickt und hat sie dann sitzenlassen. Das ist Heiratsschwindel und ist auch verboten.«

»Und wenn er die Tante geheiratet hätte?«

»Dann hätte er sein Versprechen erfüllt gehabt –«

»Und wäre auch eingesperrt worden«, ergänzte Ladi.

»Wieso?«

»Bei der Tante.«

Mir kam die Galle hoch, ich versuchte, ihn abzulenken. »Es gibt ja auch Verbote, die nicht mit Geld zusammenhängen. Zum Beispiel, jemand baut einen Unfall mit seinem Auto und fährt davon, ohne sich um die Folgen zu kümmern. Das ist auch verboten. Fahrerflucht.«

»Und wenn einer aus der Kirche geht, weil ihm die Predigt zu lange dauert – ist das auch verboten?«

»Warum sollte das verboten sein?«

»Pfarrerflucht.«

Ich preßte die Nägel tief in die Handflächen, um mich durch den dadurch entstehenden Schmerz zu betäuben. »Verboten sollte es sein«, knirschte ich zwischen den Zähnen, »daß ein Kind so dumme Fragen stellt wie du! Begreifst du denn nicht?« brüllte ich dann. »Verboten ist, was einem anderen Menschen Schaden zufügt! Verboten ist, daß auf einen Menschen geschossen wird! Verboten ist, daß nach einem Menschen ein Messer geschleudert wird! Oder Steine!«

»Dann möchte ich nicht Kind bei unserem Nachbarn sein«, meinte Ladi.

»Warum nicht?«

»Weil immer, wenn die Kinder von unserem Nachbarn im Garten spielen, ein Bub kommt und Steine nach ihnen schleudert.«

»Du kennst diesen Buben?«

»Ja.«

»Wer ist er?«

»Ich.«

»Du Lausbub!« schrie ich noch lauter. »Da können doch die Armen verletzt werden!«

Drauf Ladi ruhig: »Deshalb möchte ich ja nicht Kind bei unserem Nachbarn sein. Aber wenn alles verboten ist«, sprach er dann weiter, »müßten ja alle Menschen eingesperrt sein.«

»Alle nicht«, schrie ich, »es gibt ja auch gute und ehrliche Menschen! Außerdem«, sagte ich etwas ruhiger, »gibt es immer Mittel und Wege, ein Verbot zu umgehen. Ich werde dir ein Beispiel geben: Im Meer liegen, sechs Kilometer voneinander entfernt, zwei Inseln. Die eine ist kahl und unfruchtbar, auf der anderen wachsen die herrlichsten Kokosnüsse und Bananen. Auf der kahlen Insel sitzt ein kleines Äffchen, das gern auf die andere Insel möchte, aber sein Vater hat ihm verboten, hinüberzuschwimmen. Was wird das Äffchen tun, um das Verbot zu umgehen und doch hinüberzukommen?«

»Laß mich nachdenken«, bat Ladi und wiederholte: »Im Meer liegen, sechs Kilometer voneinander entfernt, zwei Inseln.«

»Ja.«

»Die eine ist kahl und unfruchtbar, auf der anderen wachsen die herrlichsten Kokosnüsse und Bananen.«

»Ja.«

»Auf der kahlen Insel sitzt ein kleines Äffchen, das gern auf die andere Insel möchte, aber sein Vater hat ihm verboten, hinüberzuschwimmen.«

»Ja. Was wird der Affe tun, um das Verbot zu umgehen und doch hinüberzukommen?«

Ladi sah mich an und sagte dann: »Wenn *du* das nicht weißt, wie soll es der Affe wissen?«

Jetzt hatte ich genug. Ich sprang auf, nahm Ladi vorne an seiner Jacke, schüttelte ihn hin und her und tobte: »Er soll einen anderen Affen bitten, daß er ihn hin-

überbringt! Dann wäre der andere Affe geschwommen und nicht er! Er hätte das Verbot umgangen!«
Meine Frau trat erschrocken ins Zimmer. »Was ist denn da los?« erkundigte sie sich.
»Nichts!« schrie ich. »Ich will ihm bloß erklären, was verboten ist!«
»Und dein Benehmen, einem Kind gegenüber, ist *nicht* verboten?« fragte sie streng.
»Und das ist nicht alles, was der Onkel getan hat«, weinte Ladi. »Er hat die Unwissenheit eines Minderjährigen ausgenützt – und das ist auch verboten!«

Es heißt, man soll das Kind beim rechten Namen nennen. In diesem Fall wäre das auch zu verbieten.

Es gibt keine Menschen, die alles können, *und es gibt keine Menschen, die alles* wissen. *Wenn jeder könnte, was er weiß, gäbe es keine Theoretiker – wenn jeder wüßte, was er kann, gäbe es keine Snobs. Drum lernen, lernen, lernen, denn*

Man hat nie ausgelernt

Wir saßen im Kaffeehaus und steckten die Köpfe zusammen: Robinson, Wronsky, Goldmann und ich. Warum? Irgend etwas lag in der Luft. Was? Wir wußten es nicht. Wir wußten nur, daß auch sie um den Tisch herumgesessen waren und die Köpfe zusammengesteckt hatten. Wer? Unsere Frauen: Mela, Vera, Hermine und die meinige. Sie hatten ein Geheimnis, aber was für eines? Es mußte etwas Schwerwiegendes sein. Umsonst stecken vier Frauen nicht die Köpfe zusammen, wenn einer ihrer Männer durch das Zimmer geht. In diesem Fall war *ich* es gewesen. Was konnte es sein?

»Vielleicht«, meinte Robinson, »ist Mela dahintergekommen, daß ich mit einer Klientin in der Oper war?«

»Unsinn«, sagte Goldmann. »Erstens war Mela damals auf Urlaub, und zweitens habt ihr ein Abonnement. Du wirst doch die Karte deiner Frau nicht verfallen lassen.«

»Er hätte ja auch einen männlichen Klienten mitnehmen können«, wagte ich einzuwerfen.

»Das hätte ich *nicht* können«, schnauzte Robinson mich an, »weil ich zur Zeit keinen männlichen Klienten habe, der nicht verheiratet ist, und wenn einer seine Frau mitgenommen hätte, hätte *ich* zu Hause bleiben müssen. Das ist es also *nicht.*«

»Außerdem«, sagte Wronsky, »kann Mela nichts dagegen haben, wenn du mit einer Dame in die Oper gehst.«

»Das ist es ja eben«, meinte Robinson besorgt. »Die Dame war weder eine Dame noch waren wir in der Oper.«

»Wo also wart ihr?« fragten wir gleichzeitig.
»Das werde ich euch nicht verraten«, sagte Robinson und fuhr fort: »Es muß sich ja auch gar nicht um mich handeln. Vielleicht dreht es sich um einen von euch.«
»Warum schaust du *mich* dabei an, wenn du das sagst?« fragte Wronsky.
»Weil ich das Gefühl habe, als ob du Butter am Kopf hättest.«
»Ich habe keine Butter am Kopf«, sagte Wronsky ärgerlich.
»Das heißt«, gab er dann zögernd zu, »ihr wißt doch, daß meine Frau und ich ein Burgtheaterabonnement haben.«
»Ja.«
»Vorige Woche gab es eine Abonnementvorstellung, Veras Mutter hatte Grippe, Vera mußte bei ihr bleiben, und da habe ich eine Patientin eingeladen. Aber«, – er stockte.
»*Was* aber?« fragte Robinson.
»Die Patientin war auch weder eine Patientin noch waren wir im Burgtheater.«
»Wo also wart ihr?« fragten wir anderen wieder.
»Das sage ich nicht. Robinson hat es auch nicht gesagt.«
»Wer könnte das aber deiner Frau verraten haben?« fragte ich.
»Vielleicht seine Sprechstundenhilfe«, meinte Goldmann. »Mich hat auch einmal eine Angestellte verraten. Hat da einen Blick aufgeschnappt, dort ein Telefongespräch abgehört ...«

»Meine Sprechstundenhilfe tut so etwas nicht«, gab Wronsky sich überzeugt.

»Und warum nicht?« fragte ich.

»Weil ich mit ihr auch schon einmal nicht im Burgtheater war.« Er blickte scharf auf Goldmann. »Was ist mit *dir?*« fragte er. »Vielleicht haben unsere Frauen sich über dich unterhalten.«

»Ich habe ein reines Gewissen«, lehnte Goldmann jeden Verdacht ab. »Ich habe in letzter Zeit nur *eine* Dame kennengelernt, und das war geschäftlich.«

»War es *dein* Geschäft oder ihres?« fragte ich, hämisch lächelnd.

»Selbstverständlich meines«, entgegnete Goldmann gereizt. »Die Dame kam in mein Geschäft und wollte einen bestimmten Stoff für einen Mantel kaufen, den ich nicht vorrätig hatte. Ich habe ihn also besorgt und am Abend, nach Geschäftsschluß, in ihre Wohnung gebracht.«

»Wohnung?« fragten wir verblüfft. »Du warst bei ihr in der Wohnung?«

»Hast du für solche Wege nicht deinen Geschäftsdiener?« fragte ich ironisch.

»Dem wollte ich das nicht zumuten«, erwiderte Goldmann. »Die Dame wohnt ziemlich weit draußen in einer alleinstehenden Villa.«

»Und da hast du –?« fragte Wronsky entgeistert.

»Ob ich habe oder nicht habe«, ärgerte sich Goldmann, »steht hier nicht zur Debatte. Die Frage ist, ob Hermine etwas davon erfahren hat.«

»Was könnte sie schon erfahren haben?« meinte Robinson scheinheilig. »Daß du einer Kundschaft einen Stoff geliefert hast? Da ist doch nichts dabei.«

»Da ist wirklich nichts dabei«, fanden wir andern schadenfroh.
»Das ist es ja auch nicht«, meinte Goldmann gequält. »Aber –« er machte eine Pause »– ich habe der Dame am nächsten Tag einen Brillantring geschenkt.«
»Du – einen Brillantring?« Wir waren baff. »Du bist doch sonst so geizig?!«
»Deine Frau«, scherzte Wronsky, »erzählte einmal, daß du, wenn du dir neue Schuhe kaufst, größere Schritte machst, damit die Sohlen nicht so abgenützt werden. Und da kaufst *du* einen Brillantring?«
Robinson schüttelte den Kopf. »Aus dir«, bemerkte er, »kann eine Frau in fünfzehn Minuten einen Narren machen.«
»Aber in *was* für fünfzehn Minuten!« seufzte Goldmann, noch in der Erinnerung verklärt, aber gleich drauf war er wieder besorgt. »Wenn nur Hermine nichts von dem Ring erfährt!«
»Wer sollte es ihr sagen?« tröstete ihn Wronsky.
»Sagen niemand, aber ich weiß nicht, wo ich die Rechnung von dem Juwelier hingetan habe. Was ist, wenn sie sie findet?«
»Abwarten«, sagte ich.
»Moment!« Goldmann fixierte mich. »Was ist eigentlich mit *dir?* Wer garantiert uns, daß unsere Frauen nicht von *dir* gesprochen haben?«
Ich schüttelte den Kopf. »Das kommt nicht in Frage«, sagte ich. »Für solche Sachen bin ich schon zu bequem. Wenn ich eine Frau kennenlerne, die mir nicht gefällt, atme ich direkt auf.«
So rieten wir noch lange hin und her, kamen aber zu

keinem Ergebnis. Bis meine Frau mir eines Tages erzählte, was es mit dem Treffen in unserer Wohnung damals für eine Bewandtnis hatte. Ich habe zwar geschworen, nicht darüber zu reden, aber wenn es Sie, liebe Leserinnen und Leser, interessiert – *schreiben* darf ich darüber. Es handelt sich um folgendes·

Wien hatte nach New York, London und Paris eine neue Schule bekommen: eine Striptease-Schule für Ehefrauen, genannt »Do-it-yourself-Club«. Spaßeshalber hatte Trude Spannagl sich einschreiben lassen und die erste Lektion absolviert. Nun warteten alle gespannt auf ihren Bericht und steckten, als ich durch das Zimmer ging, die Köpfe zusammen, um ihre Aufregung zu verbergen. Nichtsahnend verließ ich das Haus und traf Trude gerade noch auf der Treppe.

»Was war?« fragten die vier Frauen ungeduldig, als sie das Zimmer betrat.

Trude war erschöpft. »Ich erzähle es euch gleich. Gebt mir nur etwas zu trinken.« Sie setzte sich, meine Frau schenkte ein Glas Wein ein, Trude machte einen Schluck und begann mit ihrem Bericht: »Also paßt auf!« sagte sie. »Ich ließ mich einschreiben, mußte tausend Schilling bezahlen und wurde in den Klubraum geführt, in dem es aussah wie in einem richtigen Schulzimmer. Auf der Tafel sah ich zwei mit Kreide gezeichnete Frauenbeine sowie zwei Hände, die zeigten, wie man einen Strumpf abstreift. An den Wänden waren Poster, auf denen man sah, wie man einen BH löst usw.«

»Weiter!« drängten die vier.

»Auf einem Katheder«, setzte Trude fort, »saß hinter

einem Schreibtisch eine Dame, die mit ›Frau Professor‹ angesprochen wurde. Als ich eintrat, unterbrach sie den Unterricht und stellte mich vor: ›Das ist Trude, unsere neue Schülerin.‹ Dann wandte sie sich an mich: ›Sie kennen unsere Ansicht. Wir wissen, daß Männer Striptease lieben, aber wir fragen uns, weshalb sie, nur um das zu sehen, teuere Lokale aufsuchen sollen, wenn sie dasselbe zu Hause gratis haben können. Deshalb unser Name DO-IT-YOURSELF-CLUB und unser Slogan STRIPT DIE GATTIN SCHÖN ZU HAUS' – GEHT DER MANN BEI NACHT NICHT AUS!‹ Dann wandte sie sich wieder den andern zu und fragte: ›Wo sind wir das letztemal stehengeblieben?‹ Eine der Damen erhob sich und sagte: ›Bei den Musikstükken, die unsere Darbietung untermalen sollen.‹ ›Stimmt!‹ sagte die Frau Professor. ›Notieren Sie! Eine der wichtigsten Musiknummern für den gekonnten Heimstrip ist der Bolero von Ravel.‹«
Trude stand auf, sang mit erotischer Stimme und den dazu passenden Tanzbewegungen den Ravelschen Bolero: »Tam tatara tatara tatara tamtam tatara tatara tatara –« und zog dabei die Jacke aus.
»Weiter!« riefen die andern, und Trude erzählte weiter: »Dann rief die Professorin eine hübsche junge Frau auf und sagte: ›Frau Annette, Sie haben die Reifeprüfung abgelegt und haben gestern zum erstenmal Ihre Kenntnisse in die Praxis umgesetzt. Berichten Sie!‹« Trude machte wieder einen Schluck aus dem Glas.
»Und was«, fragten die vier ungeduldig, »berichtete sie?«

»Das werde ich euch sofort sagen«, setzte Trude fort. »Sie berichtete folgendes: ›Mein Mann kam nach Hause – ich hatte schon vorher die raffinierte Beleuchtung eingeschaltet und ihm seinen Lieblingscocktail hingestellt, wie wir es in der letzten Stunde gelernt haben, und ließ nun langsam meinen Schlafrock fallen.‹ ›Und er?‹ fragte die Professorin cool. ›Was machte *er?*‹ ›Er‹, sagte Frau Annette, ›legte die Zeitung aus der Hand und sah mich ganz verwundert an. Ich zog den BH aus.‹ ›Und er?‹ fragte die Professorin wieder. ›Was machte *er?*‹ ›Er staunte immer mehr‹, setzte Annette fort. ›Ich schlüpfte graziös aus den Schuhen, löste die Strapse und streifte die Strümpfe ab. Natürlich alles zur Musik des Bolero. Dann zog ich den Schlüpfer aus und hatte nur noch mein Höschen an.‹«

»Und er?« riefen Mela, Vera, Hermine und meine Frau aufgeregt: »Was machte *er?*«

»Er«, sagte Trude wütend, als wäre sie Frau Annette: »Er nahm den Hut vom Haken und ging zu seiner Freundin!«

Unnötig zu bemerken, daß unsere Frauen dem Klub *nicht* beigetreten sind.

Ein Mann in Pension ist ein Mensch, der, wenn man ihm Glauben schenken darf, mit allem im Leben fertig wurde und der jetzt, im Ruhestand, mit einer einzigen Sache nichts anzufangen weiß: mit seiner Zeit.

Der Wortsucher

Waldvogel, ehemals höherer Staatsbeamter und heute Pensionist, wußte mit seiner Zeit nichts anzufangen. Er dachte an die Vergangenheit, er dachte an seine Frau, die, von ihm geschieden, irgendwo lebte, er dachte an seine Kinder, die, alle längst verheiratet, sich nur äußerst selten um ihn kümmerten, er dachte an seinen Beruf, an seinen Chef, an seine Kollegen, er dachte an dieses und jenes und dachte, als ihm nichts anderes mehr einfiel, an gewisse Wörter, die seiner Ansicht nach aus dem Sprachschatz entschwunden waren, wie zum Beispiel das Wort »Ehrfurcht«. Wer hatte heute noch Ehrfurcht? Niemand. Wenn man aber keine Ehrfurcht hat, braucht man auch kein Wort dafür. Es galt also vor allem das Wort zu finden. Hatte er das, dann wird sich auch der Begriff wieder einstellen. Er begab sich also eilends in die Umgangssprache – aber, du lieber Gott, wie hatte die sich verändert. Fragen, auf die man keine Antwort wußte, standen im leeren Raum, Männer, die zu untüchtig waren, um mit beiden Füßen im Leben stehen zu können, hatten ihre Identität verloren, Frauen, die entschlossen waren, einen Ehebruch zu begehen, hatten ihr Ich gefunden, aus dem Beruf stieg man aus, in die Politik stieg man ein, Talente baute man auf, Aggressionen baute man ab – Waldvogel sah ein, daß er hier das Wort Ehrfurcht nicht finden würde. Also ging er in die gehobene Sprache.

Aber was mußte er hier alles hören! Er ging in ein Kaffeehaus und lauschte dem Gespräch zweier Damen, die am Nebentisch saßen. »Ich sage Ihnen«, klagte die erste eben, »die einzige Motivation, die mich in unserer Konsumgesellschaft am Leben hält, ist die Demonstration gewisser Emotionen, die abzureagieren uns vor einer Generation noch unmöglich gewesen wäre.«

»Sie meinen die Emanzipation der Frau?« fragte die zweite.

»Ach wo!« meinte die erste wegwerfend. »Ich meine die Ehe. Kaum siebzehnjährig, hat man mich für einen Zustand programmiert, mich in eine Sache involviert, von der ich keine Ahnung hatte. Ich, eher introvertiert, habe mit meinem Mann, der auch eine gewisse Frustration fühlte, offen darüber diskutiert. Es wurde uns klar, daß wir von unseren Eltern einfach manipuliert worden waren.«

Waldvogel wandte sich nach der anderen Seite, wo zwei Herren beisammensaßen. »Wie geht es Ihrer Frau?« erkundigte sich der erste.

»Ach«, seufzte der zweite, »wir haben überhaupt keine Kommunikationsmöglichkeit mehr. Meine Frau sieht meine Argumentation nicht ein, daß jede Fusion, auch die der Ehe, nicht nur eine Aktion, sondern auch eine Attraktion benötigt, wenn ihre Funktion garantiert sein soll. Neulich sprach sie von ihrer Existenz, und da sah ich mich einfach genötigt, ihr den philosophischen Grundbegriff dieses Wortes zu erklären: Das Dasein eines Dinges gegenüber dem Wesen. Die Unterscheidung von Existenz und Wesen ist ja begrifflich notwendig, weil ja das Was-Sein eines Dinges nicht schon sein Das-Sein, seine Wirklichkeit, einschließt. Das Sein ist da – jetzt kommt bald das Ist.«

Waldvogel stand auf. »Sie entschuldigen, meine Herren«, sagte er zu den beiden Herren am Nebentisch, »es ist sonst nicht meine Art, aber ich wurde notgedrungen Zeuge Ihres Gesprächs. Ich verstehe nicht: Das Was-Sein eines Dinges ist nicht schon sein Das-Sein? Das Sein ist da – jetzt kommt bald das Ist? Was heißt das alles?«
Drauf sagte der eine der beiden Herren: »Daß meine Freundin ein Kind bekommt.«
Waldvogel verließ die gehobene Sprache. Es war ihm klar: auch hier wird er das Wort Ehrfurcht nicht finden. Er wanderte hintereinander durch die Fachjargons und Insidersprachen und beschloß, die moderne Literatur aufzusuchen. Dort wurde artikuliert und kritisiert, analysiert und reflektiert, kommentiert und aktiviert – das gesuchte Wort fand er auch hier nicht. Er ging in die Politikersprache, wo er Wörter fand, die es zu seiner Zeit noch nicht gegeben hatte oder die zumindest damals noch nicht in aller Munde waren. So sprach man »in etwa« von Absicherung, vom sozialen Netz und der sozialen Gerechtigkeit, von der Freistellung von Arbeitsplätzen, von der Wohlstandsverwahrlosung und dem Konsumterror, von kapitalistischer Unterdrückung und – schlußendlich – von Konservatismus, Rassismus und Faschismus.
Waldvogel hatte für den ersten Tag genug, er fuhr nach Hause. Kaum hatte er die Straßenbahn bestiegen, sprang ein Junge auf und machte ihm Platz.
»Das läßt einen wieder hoffen«, sagte eine ältere Dame zu Waldvogel. »Es gibt doch noch junge Menschen, die Ehrfurcht vor dem Alter haben.« Und

Waldvogel sah dankbar zum Himmel auf. Er hatte das Wort »Ehrfurcht« gefunden.
Der Junge, der Waldvogel seinen Platz angeboten hatte, ging zu seinem Freund, der ebenfalls in der Straßenbahn saß. »Warum bist du aufgestanden?« fragte ihn der Freund.
Der Junge lachte. »Der alte Schrumpfkopf denkt, daß ich aufgestanden bin, weil ich ihm Platz machen wollte.«
»Und warum bist du wirklich aufgestanden?« erkundigte sich der Freund.
»Weil ich vom Fußballspielen einen Krampf im Oberschenkel habe.«

Und beide, der Alte und der Junge, hatten ihre Freude.

Es gibt Menschen, die dumm sind, es gibt Menschen, die gescheit sind, es gibt Menschen, die dumm sind und die glauben, daß sie gescheit sind, aber es gibt selten zwei so vollkommene Vertreter dieser drei Gattungen wie die beiden, die wir in der nächsten Szene finden. Es kommt nicht von ungefähr. Ihre Väter waren so, ihre Großväter waren so, und ihre Kinder sind so:

Es bleibt in der Familie

Schöne Leserin, lieber Leser! Darf ich Sie bitten, mir noch einmal in das kleine Kaffeehaus zu folgen, das wir in diesem Buch bereits einmal besucht haben? Ja? Danke. Treten wir ein, blicken wir uns um, wen sehen wir? Herrn Rott. Er sitzt wie immer an seinem Stammtisch, und wir merken es ihm deutlich an: er ist verstimmt.

Rott: (ruft ungeduldig) Josef! Josef!
(Josef, der Ober, kommt aus dem Nebenraum)

Josef: Bitte, Herr Rott?

Rott: Ich möchte zahlen. Einen Kaffee und eine Torte.

Josef: Macht sechsunddreißig Schilling. Wie war die Torte?

Rott: Etwas klein für ihr Alter.

Josef: Alter? Bei uns gibt es keine alten Torten. Wir beziehen seit Jahren alle unsere Torten von derselben Konditorei. Wissen Sie, wann die gegründet worden ist? Vor hundert Jahren.

Rott: Dann war meine Torte aus der Gründerzeit. Da haben Sie hundert Schilling, geben Sie mir zurück.

Josef: (hält den Schein, den Rott ihm gegeben hat, gegen das Licht) Verzeihen Sie, Herr Rott, es ist mir peinlich, aber der Hunderter ist falsch.

Rott: (empört) Falsch? Den haben doch *Sie* mir gestern gegeben!

Josef:	Deshalb habe ich ihn ja gleich wiedererkannt.
Rott:	Ein feines Kaffeehaus, wo der Ober falsches Geld ausgibt!
Josef:	Beruhigen Sie sich, Herr Rott, ich nehme ihn ja zurück. Aber a propos Geld. Was sagen Sie zu dem Herrn Jorisch?
Rott:	Was ist mit ihm?
Josef:	Das wissen Sie noch nicht? Der hat doch in »6 aus 45« einen Treffer gemacht! Man spricht von ein paar Millionen!
Rott:	(fassungslos) Der Jorisch? Das ist doch nicht möglich! Da warte ich, bis er kommt. (JORISCH kommt von der Straße)
Jorisch:	Guten Morgen!
Josef:	(dienernd) Guten Morgen, Herr Jorisch! Bitte Platz zu nehmen! (wischt den Stuhl ab)
Rott:	(überaus freundlich) Guten Morgen, Herr Jorisch! Wie steht das werte Befinden?
Jorisch:	(verwundert) Sie sind heute so nett zu mir ...
Rott:	Zu Millionären ist man immer nett.
Jorisch:	Zu Millionären?
Rott:	Tun Sie doch nicht so! Wir haben schon von Ihrem Treffer gehört.
Jorisch:	Ach, *das* meinen Sie?
Rott:	Ja. Wieviel haben Sie gewonnen?
Jorisch:	Achtundvierzig Schilling.
Rott:	Achtundvierzig Schilling? Und da bin ich so freundlich zu Ihnen?

Jorisch: Ich habe mich eben gewundert.

Josef: (in dem Ton, den er Herrn Jorisch gegenüber seit Jahren anzuschlagen pflegt, also höchst unfreundlich) Was werden Sie nehmen, Herr Jorisch?

Jorisch: Einen Kaffee, wie immer.

Josef: Und ich habe schon geglaubt, wir werden heute mit Sekt feiern. (Er geht ab)

Jorisch: (mit Rott allein) Es tut mir leid, Herr Rott, daß ich Sie so enttäuscht habe, aber ich habe leider nur drei Zahlen erraten.

Rott: Trösten Sie sich, ich habe noch nie etwas erraten. Wie spielen Sie? Haben Sie ein System?

Jorisch: Ja. Vier Zahlen spiele ich immer unverändert: 4, 6, 14 und 42 –

Rott: In jedem Feld?

Jorisch: Ja. Und zwei rechne ich mir aus. Diesmal waren es 5 und 1 – und die sind im vierten Feld gekommen.

Rott: Und wie haben Sie sich das ausgerechnet?

Jorisch: Das werde ich Ihnen sagen: Ich habe sieben Nächte hintereinander von einer Sieben geträumt. In der ersten Nacht war es die Zahl Sieben, in der zweiten Nacht waren es sieben Schafe, in der dritten Nacht war es Ihre Frau, von der *meine* Frau immer sagt, daß Sie eine böse Sieben ist –

Rott: (unterbricht ihn ärgerlich) Genug! Erzählen Sie mir lieber, wie Sie auf die Fünf und auf die Eins gekommen sind.

LOTTO

Jorisch: Ich habe mir gedacht: Sieben mal sieben ist einundfünfzig – und schon habe ich es gehabt.

Rott: So etwas Dummes! Sieben mal sieben ist doch nicht einundfünfzig!

Jorisch: Nein?

Rott: Nein! Sieben mal sieben ist neunundvierzig! Haben Sie das nicht gewußt?

Jorisch: Gottlob nicht, sonst hätte ich nicht einmal die achtundvierzig Schilling gewonnen.

Rott: Seien Sie mir nicht böse, aber bei Ihnen kann man wirklich sagen: Der Dumme hat's Glück.

Jorisch: Hören Sie mir mit den Sprichwörtern auf. Oder glauben Sie vielleicht daran?

Rott: Hundertprozentig. Sie nicht?

Jorisch: Nein. Oder gibt es etwas Dümmeres als: »Wer eine Grube gräbt, fällt selbst hinein«?

Rott: (gereizt) Das heißt doch nicht so! Das heißt doch: »Wer *andern* eine Grube gräbt, fällt selbst hinein«!

Jorisch: Das ist noch dümmer. Wenn ich einem andern eine Grube grabe, werde ich doch nicht selbst hineinfallen. Sprichwörter sind genauso dumm wie der Aberglaube. Sind Sie vielleicht auch abergläubisch?

Rott: Manches Mal.

Jorisch: Unsinn. Mein Bruder zum Beispiel hat einmal einen Spiegel zerbrochen und hat geglaubt, jetzt wird er sieben Jahre kein Glück haben – und nichts war. Er ist noch am selben Tag von einem Auto überfahren worden.

Rott: (noch gereizter) Das beweist doch nur, daß sowohl das Sprichwort als auch der Aberglaube recht gehabt hat.

Jorisch: So gesehen – ja. Aber nehmen Sie ein anderes Beispiel. Sagen wir: »Scherben bringen Glück.« In unserem Geschäft ist neulich eine Riesenschaufensterscheibe zerbrochen. Wem hat das Glück gebracht?

Rott: Dem Glaser, der die neue gemacht hat. Oder?

Jorisch: So gesehen – ja. Meine Frau würde Ihnen zustimmen, die ist *sehr* abergläubisch. Wenn die sich eine Fernsehserie ansieht, läßt sie immer die dreizehnte Folge aus.

Rott: Das ist übertrieben. Während der dreizehnten Folge wird nicht grad etwas passieren.

Jorisch: Sagen Sie das nicht, Herr Rott. Während der dreizehnten Folge von »Dallas« ist unser Fernsehapparat explodiert.

Rott: Da hat doch Ihre Frau recht gehabt mit ihrem Aberglauben.

Jorisch: So gesehen – ja. Aber ansonsten ist sie *zu* abergläubisch. Ich staune heute noch, daß sie mich überhaupt genommen hat. Ich war ihr dreizehnter Bräutigam.

Rott: Da hat sie *wieder* recht gehabt.

Jorisch: Wieso?

Rott: Vielleicht wäre der vierzehnte besser gewesen. Was meinen *Sie*?

Jorisch: So gesehen – ja.

Rott: (wütend) Hören Sie schon mit dem »So gesehen – ja« auf! Das macht mich nervös!

Jorisch: Bitte – ich werde es nicht mehr sagen.

Rott: Das wird gut sein. Denken Sie lieber nach, ob Sie wirklich nie abergläubisch waren.

Jorisch: Nie.

Rott: Haben Sie wirklich nie an einem Freitag gezögert, zum Beispiel eine Reise anzutreten?

Jorisch: Das immer.

Rott: Na also! Jetzt sagen Sie noch, *warum* grad an einem Freitag?

Jorisch: Weil ich erst am Samstag mein Geld bekommen habe.

Rott: (verzweifelt) So etwas Dummes!

Jorisch: Ich sage Ihnen, der ganze Aberglaube ist nichts wert. Mein achtjähriger Neffe fängt auch schon damit an. Neulich fragt er mich, ob es wahr ist, daß es Unglück bringt, wenn einem eine schwarze Katze nachläuft.

Rott: Und was haben Sie ihm geantwortet?

Jorisch: Daß das ganz darauf ankommt, ob man ein Mensch ist oder eine Maus. Habe ich da nicht recht gehabt?

Rott: So gesehen – ja.

Jorisch: Jetzt haben *Sie* es gesagt.

Rott: (ärgerlich) Lassen Sie mich in Ruh! Denken Sie lieber nach, ob Sie nicht vielleicht *doch* abergläubisch sind. Was halten Sie von Hufeisen?

Jorisch: Nichts. Neulich habe ich beim Rennen auf

ein Pferd gesetzt, das hat *vier* Hufeisen gehabt und hat *doch* verloren.

Rott: Was machen Sie, wenn Sie ein vierblättriges Kleeblatt finden?

Jorisch: Das lege ich in ein Buch und presse es.

Rott: Und wenn man Ihnen zu Neujahr ein Glücksschweinchen schenkt?

Jorisch: Das hebe ich auf bis zum nächsten Silvester.

Rott: Was ist, wenn Sie einen Rauchfangkehrer sehen?

Jorisch: Da spucke ich dreimal aus.

Rott: Und wenn Ihnen jemand Nelken schenkt?

Jorisch: Dann werfe ich sie über die linke Schulter.

Rott: Da sind Sie ja doch abergläubisch!

Jorisch: So gesehen – ja.

Rott: (flehend) Ich bitte Sie, hören Sie auf!

Jorisch: Ich bin schon still. Ich möchte Ihnen nur noch meine Ansicht über den Aberglauben sagen.

Rott: Und die ist?

Jorisch: Ein jeder Aberglaube versetzt uns in das Heidentum.

Rott: (verwundert) Woher haben Sie diesen schönen Satz?

Jorisch: Den habe ich einmal gelesen.

Rott: (noch verwunderter) Sie können lesen?

Jorisch: Na hören Sie?!

Rott: Was lesen Sie so, wenn Sie lesen?

Jorisch: Das ist verschieden. Ich bevorzuge moderne Literatur: Mickymaus, Asterix …

Rott: Das hätte ich mir denken können. Ich habe

schon gedacht, daß Sie unsere Klassiker lesen. »Egmont« von Goethe.

Jorisch: Der heißt doch Wolfgang von Goethe.

Rott: Das Stück heißt »Egmont«!

Jorisch: Das ist aber von Grillparzer.

Rott: Von Grillparzer ist »Medea«!!

Jorisch: Die ist von Schiller.

Rott: Von Schiller ist die »Jungfrau«!!!!

Jorisch: Die ist von Orléans.

Rott: (gequält) Ich kann mit Ihnen nicht reden! Ich hätte es wissen müssen! Heute früh, wie ich die Zeitung aufmache, steht in meinem Horoskop: Regen Sie sich heute nicht auf, sonst bekommen Sie einen Herzanfall.

Jorisch: An Horoskope glauben Sie auch?

Rott: Ja.

Jorisch: Ich nicht mehr. Sie kennen doch meine Tochter Beate.

Rott: Ja.

Jorisch: Sie ist eine Jungfrau.

Rott: (überrascht) Was Sie nicht sagen!

Jorisch: Wissen Sie, was in ihrem Jahreshoroskop gestanden hat? Sie werden heuer, weiß gekleidet, langsam eine große Treppe hinunterschreiten, rechts und links werden Menschen auf Sie warten, in den Händen tragen Sie –

Rott: (unterbricht ihn) Einen Myrtenstrauß?

Jorisch: Das haben wir auch geglaubt.

Rott: Und was hat sie in den Händen getragen?

Jorisch: Gefrorenes. Sie hat einen Job als Eisverkäuferin im Stadion bekommen.

Rott: Und da jammern Sie? Was soll da *ich* sagen? Ich wäre froh, wenn meine Tochter so einen Job hätte.

Jorisch: Ihre Tochter ist doch verlobt?

Rott: Sie *war* verlobt. Ich habe dem zukünftigen Schwiegersohn einen Posten verschafft, habe alle Schulden für ihn bezahlt, habe ihn gefragt, ob er mir nicht noch etwas zu beichten hätte –

Jorisch: Und?

Rott: Er hat gesagt »Ja«.

Jorisch: Und was hat er gebeichtet?

Rott: Daß er von seiner ersten Frau noch nicht geschieden ist.

Jorisch: Mit Töchtern hat man es schwer. Um meine Jüngste hat doch auch schon einer angehalten. Ein Student, der von Nachhilfestunden lebt. Ich habe ihm gesagt: »Sie verdienen doch nicht einmal soviel, daß Sie meiner Tochter Unterwäsche kaufen können.«

Rott: Was hat er geantwortet?

Jorisch: Auf die Unterwäsche meiner Tochter brauche ich mir nichts einzubilden. Ich bin heute noch glücklich, daß ich meinen Eltern nicht solche Sorgen gemacht habe. Ich war ein sehr braves Kind. Ich habe blonde Locken gehabt –

Rott: Da müssen Sie lieb gewesen sein.

Jorisch: Sehr lieb. Meine Mutter hat mich immer mitgenommen, wenn sie einkaufen gegangen ist. Wir haben einen sehr freundlichen

Kaufmann gehabt, wie es heute keinen mehr gibt. Ich erinnere mich, es war zur Kirschenzeit, ich habe begehrlich auf die Kirschen geblickt, die in den Körben gestanden sind – da hat er zu mir gesagt: »Nimm dir doch eine Handvoll, Kleiner!« Ich habe nur schüchtern den Kopf geschüttelt, habe mich in den Laden zurückgezogen, drauf hat *er* eine Handvoll Kirschen genommen und hat sie mir gegeben.

Rott: Warum haben Sie sich nicht gleich eine Handvoll genommen?

Jorisch: Weil *er* größere Hände gehabt hat als ich. (seufzt) Es war eine andere Zeit.

Rott: Eine ganz andere Zeit. Der heutige Mensch lebt zwar um vierzig Jahre länger als der Mensch vor hundert Jahren, aber das muß er auch, wenn er alles bezahlen will, was er schuldig ist: Auto, Kredite, Zweitwohnung …

Jorisch: Zweitwohnung brauche ich keine. Wir haben ein Sommerhäuschen an der Westbahn. Leider ist es sehr klein.

Rott: Klein? Sie haben doch einmal erzählt, daß bei Ihnen fünfzehn Personen übernachten können?

Jorisch: Das können sie. Jeden Tag ein anderer.

Rott: Sie haben mich belogen?

Jorisch: Wie können Sie so etwas denken, Herr Rott. Ich habe einen kleinen Scherz gemacht.

Rott: Wann? Damals oder heute?

Jorisch: Heute. Aber jetzt muß ich gehen, weil das Essen schon auf dem Tisch stehen wird.

Rott: Was kriegen Sie heute?

Jorisch: Ich weiß es noch nicht. Diese Woche haben wir vier Tage hintereinander Gulasch gehabt, bis ich mich gestern endlich geweigert habe, es zu essen.

Rott: Was hat Ihre Frau da gemacht?

Jorisch: Sie hat es ein bißchen verbessert und hat es dem Hund gegeben.

(Josef stürzt herein)

Josef: Entschuldigen Sie, Herr Jorisch, da ist Ihr Kaffee!

Jorisch: Jetzt brauche ich ihn nicht mehr – jetzt gehe ich nach Hause.

Rott: (zu Josef) Wieso hat das so lang gedauert?

Josef: Mir ist etwas passiert, was mir noch nie passiert ist. Ich hab mich an den Ecktisch gesetzt, hab gewartet, bis die Köchin mich ruft – und bin eingeschlafen.

Rott: Eingeschlafen? Während der Dienstzeit?

Josef: Ja. Und ich hab so schön geträumt.

Rott: Geträumt? Was haben Sie geträumt?

Josef: Ich hab geträumt, daß ich beim Herrn Jorisch kassiert hab – und da hat er mir hundert Schilling Trinkgeld gegeben. Was sagen Sie dazu, Herr Jorisch?

Jorisch: Sie sollen sehen, wie generös ich bin – Sie können sie behalten.

	(Jorisch geht, Rott und Josef blicken ihm verblüfft nach)
Rott:	(zu Josef) Glauben Sie nicht auch, Josef, daß der Herr Jorisch verrückt ist?
Josef:	So gesehen – ja.

Curt Goetz sagt: »Es ist ein Merkmal der Dummheit, daß sie sich selbst nicht erkennt.«
Moment! Erkenne ich mich selbst?

Wenn Sie die Absicht haben, einen Wagen zu kaufen, seien Sie klug und kaufen Sie den besten. Jede Autofirma wird Ihnen sagen, welcher es ist. Haben Sie die Absicht, einen Wagen zu verkaufen, *dann inserieren Sie. Es gibt immer wieder Leute, denen der Wagen nicht so wichtig ist wie der Preis. Sie suchen einen*

Gelegenheitskauf

Robinson und Spannagl sitzen im Kaffeehaus. Robinson blättert in einer Illustrierten, Spannagl liest eine Tageszeitung. Genauer gesagt, er liest die Inserate. Noch genauer: die Inserate, die sich mit dem Verkauf von alten Autos befassen. Spannagl möchte seinen alten BMW loswerden und möchte sich informieren, was die Leute so für alte Autos verlangen. Plötzlich lacht er auf.
»Warum lachst du?« fragt Robinson.
»Hör dir den dummen Druckfehler an. Da.« Er liest: »Neuwertiger Mercedes, letztes Modell, Preis Sch. 1.000.«
»Zeig her!« Robinson liest das Inserat. »Druckfehler ist es keiner, weil für einen neuwertigen Mercedes auch zehntausend Schilling zuwenig und für einen neuwertigen, aber doch alten Mercedes hunderttausend zuviel wären. Das ist eher ein dummer Witz.«
»Wer sollte so einen Witz machen? Das Inserat kostet doch immerhin Geld.«
»Du hast keine Ahnung, wozu Menschen imstande sind. In meiner Anwaltskanzlei kommt einiges zusammen. Da hat neulich eine Frau ihren Mann wegen seelischer Grausamkeit geklagt, weil er inseriert hat: ›Tausche meine Frau gegen Kaffeeservice.‹ Und das mit Angabe von Namen und Adresse.«
»Warum hat er das getan?«
»Nur um sie zu ärgern. Und worüber sich die Frau am meisten aufgeregt hat, war der Umstand, daß er nicht *einen* Interessenten gefunden hat.«
»Das verstehe ich noch. Aber ein neuwertiger Mercedes, letztes Modell, für tausend Schilling?«

»Es steht doch eine Telefonnummer dabei. Ruf an.« Spannagl rief an. Eine Frauenstimme meldete sich.
»Ja?«
»Entschuldigen Sie«, sagte Spannagl. »Ich lese eben Ihr Inserat in der Zeitung, betreffs des Mercedes. Das kann doch nicht stimmen?«
»Doch«, sagte die Frauenstimme. »Das stimmt.«
»Tausend Schilling?«
»Ja.«
»Und neuwertig?«
»Man könnte fast sagen, neu. Er wurde bloß sechzig Kilometer gefahren.«
»Das ist doch nicht möglich.«
»Wenn Sie mir nicht glauben, kommen Sie doch her. Meine Adresse ist Döbling, Birkenstraße 30.«
»Ich komme. Wenn Sie erlauben, sofort.«
»Ich bitte Sie darum.« Spannagl hängte den Hörer auf und eilte zu Robinson zurück. »Es stimmt!« sagte er aufgeregt. »Ich fahre augenblicklich hin und schaue mir den Wagen an. Zahlen!« Er bezahlte und fuhr in die Birkenstraße. Eine Dame Mitte der Vierzig erwartete ihn. »Ist der Wagen noch da?« fragte Spannagl atemlos.
»Ja«, sagte die Dame lächelnd. »Kommen Sie mit mir in die Garage.« Spannagl folgte ihr. Da stand er, der Mercedes. Spannagl traute seinen Augen nicht. Dunkelblau, kein Kratzer, kein Fleckchen – wie im Schaufenster eines Autosalons. »Wäre es unverfroren von mir«, fragte Spannagl, »wenn ich Sie bäte, eine Proberunde machen zu dürfen?«
»Aber nein«, lachte die Dame.

»Sie können natürlich mitfahren.«

»Nicht nötig, fahren Sie nur allein. Ich vertraue Ihnen.«

Spannagl stieg ein. Er setzte sich ans Steuer und sah sich um. Die Ledersitze waren neu, die Fenster, der Rückspiegel – alles blitzte vor Sauberkeit. Der Tachometer zeigte auf sechzig. Der Wagen konnte höchstens eine halbe Stunde gefahren worden sein. Spannagl startete. Der Motor gehorchte auf den leisesten Druck, es war ein himmlisches Gefühl, diesen Wagen zu fahren. Spannagl zerbrach sich den Kopf. Was war bloß los mit dem Auto? Irgendwo mußte ein Haken sein. Aber wo? Spannagl konnte keinen finden. Er drehte eine Runde und hielt wieder vor dem Haus.

»Der Wagen ist fabelhaft. Trotzdem – hätten Sie etwas dagegen, wenn ich ihn durch meinen Mechaniker prüfen lasse?« fragte er die Dame.

»Aber nein«, antwortete sie. »Machen Sie, was Sie für gut halten.«

Spannagl kam am nächsten Tag mit seinem Mechaniker. Der Mechaniker besah sich den Wagen, er testete den Motor, prüfte Bremsen und Reifen und sagte dann: »Der Wagen ist in Ordnung.« Spannagl konnte es nicht fassen. Was war los mit dem Wagen? Etwas mußte es sein, und er hatte nicht die Absicht, sich hereinlegen zu lassen. »Dürfte ich Sie noch um etwas bitten? Könnte ich, nur für eine Stunde, alle Papiere haben, die den Wagen betreffen? Ich möchte sie meinem Anwalt zeigen.«

»Aber bitte«, sagte die Dame. »Hier haben Sie die Wagenpapiere, hier haben Sie die Bestätigung, daß

der Wagen bezahlt ist, und hier haben Sie die Versicherungspolice, der Wagen ist für ein Jahr im voraus kaskoversichert.«
Spannagl nahm alles an sich und fuhr damit zu Robinson. Robinson prüfte die Papiere. »Es ist alles in Ordnung«, fand er.
»Und«, erkundigte sich Spannagl, »was ist, wenn die Frau vielleicht verrückt ist? Könnte ich nicht als Betrüger belangt werden? Einen neuen Mercedes für tausend Schilling jemandem abzunehmen, der sich vielleicht des wirklichen Wertes nicht bewußt ist, weil sein Verstand nicht funktioniert? Gilt das nicht als bedenklicher Ankauf?«
»Nein«, sagte Robinson. »Die Frau hat inseriert, daß sie den Wagen für tausend Schilling verkaufen will, du hast ihn gekauft – das ist ein Geschäft wie jedes andere.«
Spannagl fuhr in die Birkenstraße. Was war mit dem Wagen los? Tausend Schilling für diesen Prachtwagen? Das war doch nicht normal. Die Dame erwartete ihn bereits. Er gab ihr die tausend Schilling, sie gab ihm dafür eine Bestätigung und händigte ihm die Wagenschlüssel aus. Dann gingen sie beide vor das Haus. Spannagl setzte sich hinter den Führersitz, aber ehe er losfuhr, sagte er: »Ich hoffe, Sie sind mir nicht böse, wenn ich Sie etwas frage: Warum verkaufen Sie den Wagen so billig?«
»Ich werde es Ihnen sagen«, lächelte die Dame. »Ich wußte, daß mein Mann seit längerer Zeit eine Freundin hatte. Es war seine Sekretärin. Mein Mann kaufte den Mercedes, fuhr sechzig Kilometer, bekam einen

Herzinfarkt und starb. In seinem Testament bestimmte er, daß *ich* den Wagen verkaufen und den Erlös seiner Freundin geben solle. Ich hätte ihn auch für zehn Schilling hergegeben.«

Wenn es den Titel »Die lustige Witwe« nicht schon gäbe – hier wäre er mir eingefallen.

Die Zivilisation gibt uns Menschen von heute so manches zu schlucken: verschmutzte Luft, verseuchtes Wasser, Alkohol, Nikotin – und Ärger. Ärger ist das Schlimmste. Luft, Wasser, Alkohol und Nikotin vergiften den Körper – der Ärger vergiftet die Seele. Aber auch dagegen gibt es ein Mittel. Lesen Sie bitte:

Die Entgiftung

Kennen Sie Nebenzahl? Nebenzahl ist der Konzipient meines Freundes Dr. Robinson. Robinson ist kein angenehmer Chef, kein Vater seiner Angestellten, außer wenn der Angestellte eine SIE ist, hübsch ist und lange Beine hat. Das hatte Nebenzahl nicht. Wollen Sie zwei Beispiele? Bitte. Beispiel eins: Robinson liest eben einen Brief durch, den Nebenzahl an eine Klientin, die Firma Miller & Müller, gerichtet hat. Er läßt Nebenzahl rufen. Nebenzahl erscheint.
»Ich habe Sie«, beginnt Robinson mit gefurchter Stirne, »auf Empfehlung unseres gemeinsamen Freundes Dr. Richter angestellt, aber ich bin leider nicht zufrieden mit Ihnen. Schauen Sie sich diesen Brief an. Auf vier Seiten zwei orthographische Fehler. Sie glauben es nicht? Hier: Auf Seite eins fehlt ein Beistrich, auf Seite vier fehlt ein Punkt. Schreiben Sie den Brief noch einmal, und befassen Sie sich lieber mit Grammatik, anstatt am Abend vor dem Fernsehapparat zu sitzen, sonst ...« Nun besitzt Nebenzahl gar keinen Fernsehapparat, kann also auch am Abend nicht davor sitzen, aber dieses »sonst« wird jetzt schon einige Male so drohend ausgestoßen, daß Nebenzahl, so oft er es zu hören bekommt, zu zittern beginnt. Er weiß, was das bedeuten könnte.
Beispiel zwei: Robinson liest einen Brief, den Daniela, die neue Sekretärin, an eine Klientin, die Firma Boller & Baller, gerichtet hat. Robinson läßt sie rufen. Daniela erscheint. Sie ist hübsch und hat lange Beine. »Ich habe Sie«, flötet Robinson, »auf Empfehlung unseres gemeinsamen Freundes Dr. Bimmelmeier angestellt, und ich bin sehr zufrieden mit Ihnen.

Ich habe eben Ihren Brief gelesen – er ist einwandfrei. Ihre Briefe werden immer besser, und bald wird der Tag kommen, an dem wir einen abschicken können. Gucken Sie mich nicht so betörend an mit Ihren blauen Augen, sonst ...« Daniela hat ihn gar nicht betörend angeguckt, aber dieses »sonst« wird jetzt schon einigemale so zärtlich ausgesprochen, daß Daniela, sooft sie es zu hören bekommt, zu zittern beginnt. Sie weiß, was das bedeuten könnte.
Nebenzahl ist natürlich keinesfalls glücklich. »Was machen Sie«, fleht er seine Kollegin an, »daß der Chef immer so nett zu Ihnen ist?« »Das kann ich Ihnen nicht verraten«, lächelt Daniela, »aber selbst wenn ich es könnte, würde es Ihnen nichts nützen.«
Nebenzahl ist verzweifelt. Was macht ein verzweifelter, alleinstehender Mensch, wenn er am Abend aus dem trostlosen Büro in die noch trostlosere Wohnung kommt? Er ißt, er trinkt, er raucht. Nebenzahl setzt Gewicht an. Eines Tages findet er über seinem Schreibtisch das bekannte Bild mit der durchgestrichenen Zigarette: »Rauchen verboten!« Nebenzahl gibt das Rauchen im Büro auf und beginnt zu naschen. Er setzt noch mehr Gewicht an. Robinson läßt ihn rufen. »Sie werden zu dick, Nebenzahl«, sagt er. »Meine Klienten werden denken: ›Ein Anwalt, dessen Angestellte so dick werden können, bezahlt ihnen offensichtlich zuviel. Er muß also teurer sein als andere Anwälte. Wir werden zu einem billigeren gehen.‹ Das muß ich verhindern. Hier haben Sie die Adresse meines Arztes: Dr. Merzenberger. Gehen Sie morgen zu ihm, er soll Ihnen etwas verschreiben, damit Sie

wieder schlanker werden. Sie müssen abnehmen, sonst ...« Nebenzahl beginnt zu zittern.
Am Abend kommt er nach Hause. Er beschließt, zum letztenmal bevor er zum Arzt geht, nach Herzenslust zu essen, zu trinken und zu rauchen. Er räumt den Kühlschrank aus, nimmt sämtliche Vorräte her, die er besitzt, ißt Suppenkonserven, tiefgekühltes Gemüse, Sardinen und Heringe, macht sich Palatschinken, trinkt eine Flasche Wein und raucht zwanzig Zigaretten. Ab morgen muß er sowieso damit aufhören, sagt er sich, sonst ... Er zittert, obwohl er dieses »sonst« diesmal selber gesagt hat.
Am nächsten Tag geht er zum Arzt. Dr. Merzenberger untersucht ihn und schüttelt den Kopf. »Was Sie brauchen«, sagt er, »ist eine sofortige Abmagerung, Entschlackung und Entgiftung. Ich kenne eine ausgezeichnete Kuranstalt, aber sie ist nicht billig. Sie müssen schleunigst etwas tun, sonst ...« Nebenzahl beginnt zu zittern. Immer wieder dieses »sonst«.
Er schreibt die Kuranstalt an, sie ist wirklich nicht billig. Er muß sich die Summe eben absparen. Er beginnt noch am selben Tag damit. Er fährt nicht mehr mit seinem kleinen Auto, er macht alle Wege zu Fuß, er ißt nur einmal am Tag, er verzichtet auf jede Art von Alkohol, das Rauchen läßt er ganz sein, nicht nur im Büro, sondern überhaupt, jeden Groschen, den er erübrigen kann, legt er auf die hohe Kante, alles für die Abmagerung, alles für die Entschlackung, alles für die Entgiftung.
Nebenzahl wird immer weniger, er fällt vom Fleisch. »So geht das nicht weiter«, sagt Robinson, »Sie müs-

SONST

sen wieder zunehmen. Meine Klienten werden denken: ›Ein Anwalt, dessen Angestellte so mager sind, bezahlt ihnen offensichtlich zuwenig. Er scheint also nicht soviel zu verdienen wie andere Anwälte. Wahrscheinlich ist er nicht so tüchtig wie sie, wir werden zu einem besseren gehen.‹ Das muß ich verhindern. Gehen Sie zu Dr. Merzenberger, er soll Ihnen etwas verschreiben, damit Sie wieder stärker werden, sonst ...«
Sonst. Nebenzahl rast zu Dr. Merzenberger.
Merzenberger schüttelt den Kopf. Ein abgemagertes Wrack steht da vor ihm, ausgemergelt, verhungert. »Sie müssen sofort Ihre Lebensweise ändern«, sagt er. »Sie brauchen einen Aufbau mit seelischer Betreuung. Ich kenne eine Kuranstalt, sie ist nicht billig, aber fahren Sie noch heute hin, sonst ...« Sonst.
Nebenzahl, der ja jetzt das Geld für einen Kuraufenthalt beisammen hat, nimmt den nächsten Zug. Der Kurarzt, Dr. Dicklich, empfängt ihn. Er untersucht ihn von Kopf bis Fuß und wieder zurück, verschreibt ihm eine vernünftige Ernährung, Ruhe, Schlaf, kleine Spaziergänge usw. »Halten Sie sich an die Verordnung«, mahnt er, »sonst ...« Sonst.
Nebenzahl erholt sich zusehends, um so mehr, als er auch für seine Seele etwas findet. An seinem Tisch sitzt eine junge Frau, hübsch, reich und geschieden. Nach vierzehn Tagen bittet Nebenzahl sie um ihre Hand. »Ich liebe Sie!« gesteht er ihr. »Sie müssen mich erhören, sonst ...« Das »sonst« macht besonderen Eindruck auf sie. Mit dem »sonst«, denkt sie, meint er wohl, sonst bringe ich mich um. Was Nebenzahl mit dem »sonst« wirklich gemeint hat, war:

Sonst bleibe ich weiterhin Schuhabstreifer bei Dr. Robinson. In drei Monaten waren sie Mann und Frau.
Robinson hörte lange nichts von seinem Konzipienten. Er erschien einfach nicht mehr im Büro. Eines Tages führte Robinson einen Prozeß für seine Mandantin, die Firma Miller & Müller. Vor der Verhandlung hatte er ein Gespräch mit dem Anwalt der Gegenseite, einem jungen, gutaussehenden, ausgeglichenen Kollegen, dem man es ansah, daß er wußte, was er wollte: Dr. Nebenzahl.
»Ich rate Ihnen zur Vorsicht«, sagte Nebenzahl. »Ich kenne die Akte Miller & Müller noch aus der Zeit, in der ich in Ihrer Kanzlei tätig war. Ich habe damals in einem Brief einen Beistrich und einen Punkt vergessen. Und jetzt hören Sie gut zu, daß Sie sich überzeugen können, daß ich wohl weiß, wann und wo ich Beistriche und Punkte zu setzen habe: Ihr heutiger Fall, Beistrich, handelt sich um einen Betrug, Beistrich, ich rate Ihnen zu einem Vergleich, Beistrich, sonst – Punkt, Punkt, Punkt, Punkt.« Diesmal war es Robinson, der zitterte.

Ein altes Sprichwort sagt: »Die Moral ist stärker als das Recht« – ein neues behauptet: »Ein Rechtsanwalt ist stärker als die Moral.«
Mein Rat: Wenn Sie etwas ausgefressen haben, nehmen Sie sich einen guten Anwalt, sonst …

Ein Tourist findet die Sehenswürdigkeiten anderer Länder atemberaubend und überwältigend, aber erst, wenn er wieder zu Hause ist und Freunden und Bekannten davon erzählt. Es ist oft sehr beschwerlich, fremde Kunstwerke zu besichtigen. Wie wär's, liebe Leserinnen und Leser? Ein Gedanke steht im Raum. Eine Marktlücke ist zu füllen:

Ein Kunstwerk, easy for sightseeing

Drei Gespräche. Erstes Gespräch:

»Wo waren Sie heuer im Sommer?«

»Meine Frau und ich haben eine Kunstreise gemacht.«

»Wohin?«

»Nach Griechenland. Begonnen haben wir in Athen.«

»Da haben Sie doch sicher die Akropolis gesehen?«

»Ja.«

»Und?«

»Ein steiniger Weg, keine Zufahrt – nichts für mich.«

Zweites Gespräch:

»Wo waren Sie heuer im Sommer?«

»Meine Frau und ich haben eine Kunstreise gemacht.«

»Wohin?«

»Nach Italien. Begonnen haben wir in Venedig.«

»Und?«

»Enge Gassen, alte Häuser, meine Frau hat mich in der größten Hitze durch die ganze Stadt geschleppt ...«

»Waren Sie auch auf der Seufzerbrücke?«

»Für mich war jede Brücke eine Seufzerbrücke. Ich habe überall geseufzt, weil mir die Hühneraugen weh getan haben. Lauter Gondeln, keine Autos – nichts für mich.«

Drittes Gespräch:

»Wo waren Sie heuer im Sommer?«

»Meine Frau und ich haben mit einem deutschen Ehepaar eine Kunstreise gemacht.«

»Wohin?«

»Nach Ägypten. Die beiden sind jedes Jahr dort. Angefangen haben wir in Giseh.«
»Da waren Sie doch sicher auch in der Wüste?«
»Und wie! Die zwei haben uns zu einem Beduinenhäuptling geführt, dort mußte ich – die größte Ehre für einen Gast – die Augen von einem Hammel essen. Jetzt habe ich immer das Gefühl, daß mich von innen einer anschaut. Sand, Kamele, keine Autostraße – nichts für mich.«
Es ist leider so. Ein Großteil der berühmtesten Kunstwerke und historischen Stätten befindet sich, vom heutigen verkehrstechnischen Standpunkt aus gesehen, an den unmöglichsten Stellen, die es gibt.
Liegen sie, die klassischen Ruinenstädte und Tempelanlagen, die ehrwürdigen Klöster und Stifte, die gewaltigen Dome und Kathedralen, die heiligen Moscheen und Pagoden, die Schlösser und Paläste und was es sonst noch alles an sakralen und profanen Werken gibt, liegen sie, frage ich, an ordentlichen Verkehrsadern? Sind sie leicht anfliegbar von Düsenjets und Airbussen? Sind sie von einem Luxusliner leicht erreichbar? Kann man mit einem Auto oder einem Moped durch eine Tempelanlage brausen? Nein!
Wo liegt also dieses Kunst- und Kulturzeug? Zunächst einmal zerstreut in alle Winde, verteilt auf alle möglichen Kontinente, zersplittert in alle Stilrichtungen, in glühender Hitze, in eisiger Kälte, in Wüsten und Steppen, in Schluchten und Höhlen, auf kahlen Bergen und im dichtesten Dschungel. Weit und breit kein Asphalt, kein Beton, kein Gasthaus,

kein Rasthaus, keine Piste, kein Strandbad und nur unter den größten Strapazen und Entbehrungen erreichbar.
Ein Glück hat der Kunst- und Kulturfreund schon, wenn er mit Domen und Kathedralen, Museen und Moscheen, Pagoden und Palästen sein Auslangen findet. Die stehen im Normalfall ja doch in einer größeren, zivilisierten Stadt, von einer leistungsfähigen Hotellerie umgeben, mit Eissalons und Cafés versorgt. Da läßt sich's noch leichter besichtigen, aber das Hinkommen ist trotzdem kein Honiglecken. Da muß man sich durch mittelalterliche Stadtkerne quälen, durch verwinkelte Gäßchen zwängen – zu Bus, zu PKW oder, nicht auszudenken, gar zu Fuß. Und wenn schon zu PKW: Haben Sie schon einmal in einem alten Stadtkern einen aufnahmefähigen Parkplatz gefunden? Nein. Die findet man nur vor Supermärkten und Stadien.
Und erst die Besichtigung von stolzen Burgen. Wo ruhen diese? Naturgemäß auf steilen Felsen, je unerreichbarer, desto besser. Ganz klar. Sie sollten ja einstmals für die Feinde nicht erreichbar sein. Aber heute? Heute sind sie auch für die Freunde nicht erreichbar. Tief unten der Parkplatz, hoch oben die stolze Trutze. Da steigt man hinauf, schnauft sich die touristische Seele aus dem Leib, kriecht auf steinigen Pfaden und mühsamen Serpentinen; oben angekommen, fertig, verschwitzt und ausgepustet, pfeift man auf eine eingehende Schilderung des Rittertums, auf Zinnen und Minnen, auf Wappen und Knappen, auf Ehr' und Wehr, auf Kampf und Turnier – und sehnt

sich nur nach einem Glas Bier. Eine Burg, auf doppelter Fahrspur erreichbar – das gibt es nicht.
Am leichtesten erscheint mir noch die Besichtigung von Prunkschlössern. Die wurden ja schon seinerzeit außerhalb der alten, mauerbewehrten Städte gebaut, da gibt es heute Schnellstraßen und Überholspuren, Tank- und Servicestellen, da kommt man flott voran – denkste. Kann man bei einem Prunk- oder Lustschloß bequem bis vor die Haustüre kutschieren? Mitnichten. Ein ordentliches Prunk- oder Lustschloß hat einen ordentlichen Schloßpark, und vor dem muß man parken, wenn man das Glück hat, noch eine Lücke zu finden. Da stehen Busse, Busse und wieder Busse, welche die Touristen ausspucken: Deutsche und Dänen, Ungarn, Rumänen, Amerikaner, Südafrikaner, Gäste von jenseits der chinesischen Mauer – und alle kommen als Schloßbeschauer.
Und dann kommt der große Hatsch durch die weitläufigen Parkanlagen, durch die langen Alleen, vorbei an Rondeaus und Springbrunnen durch noch längere Alleen, bis man endlich ausgelaugt vor der ersehnten Schaufassade steht. Dann geht es hinein in das Schloß, wo man von dem dort herrschenden Prunk endgültig erschlagen wird.
Von den ehrwürdigen Stiften und Klöstern will ich gar nicht mehr reden, die wurden einfach dorthin gebaut, wo fromme Einsiedler hausten, wo sich Wunder ereigneten, wo Propheten die Gabe hatten, in die Zukunft zu schauen. Hatten sie aber wirklich diese Gabe? Wenn sie sie hatten, warum, frage ich, haben sie dann einfach drauflosgebaut, ohne einen Gedan-

ken an die zukünftige Verkehrslage zu verschwenden? Der zukünftige Sightseer, dürften sie gedacht haben, mag zusehen, wie er hinkommt, wenn er etwas sehen will.

Nun ist aber nicht nur die Verkehrslage dieser Kunst- und Kulturstätten eine katastrophale. Die Kunstwerke selber, die Pyramiden und Pagoden, die Kirchen und Klöster, die Tempel und Türme, die Denkmäler und Paläste, kurz alles, was mit Kunst und Kultur zusammenhängt, ist für den heutigen Massentourismus nicht konsumierbar. Warum nicht? Ganz einfach. All die aufgezählten Kulturgüter sind vom Bau- und Schaffenswillen her nicht für die Gegenwart produziert worden. Man würde Jahre brauchen, um sie zu verdauen. Aber heute? Waren Sie schon einmal im Louvre? Haben Sie schon einmal beobachtet, wie die Reisegesellschaften von ihren jeweiligen Reiseleitern angetrieben werden? Mona Lisa – eine Minute Aufenthalt. Das ist nicht möglich. Diese Kerle von Künstlern hatten andere Flausen im Kopf als den Konsum ihrer Werke. Die meisten, und auch die größten von ihnen, haben nicht für die Zeit geschaffen, sondern für die Ewigkeit. Sie wollten Aussagen machen, Weisheiten verzapfen, und dementsprechend sind auch ihre Produkte ausgefallen: überdimensional, unüberschaubar, vollgestopft mit Lehren, Legenden und Mythen, Allegorien und Symbolen, und vor allem – schwer fotografierbar. Und die Plätze, an denen sie ihre Kunstwerke anbrachten! Haben Sie schon einmal in der Sixtinischen Kapelle die Deckenfresken von Michelangelo gesehen? Wissen Sie, wo er die hingemalt hat? Auf den Plafond! Nach zehn Minuten ansehen bekommt man Genickstarre. Recht geschieht jedem, der hinaufschaut. Ich finde, es ist eine Frechheit von einem Künstler, sein Publikum so zu beanspruchen. Der Massentourismus macht sich's da sowieso leicht. Der geht an Kunstwerken vorbei durch Tempel und Kirchen, streift mit den Blicken ein Bild, auf das man ihn aufmerksam macht, bewundert eine Altarfigur, sagt »Ah« und »Oh«, filmt oder fotografiert zuerst seine Frau, dann sie ihn, dann ersuchen sie einen Wildfremden, daß er sie beide fotografiert, dann nimmt man die Liste und hakt ab. Sixtinische Kapelle – gesehen. Der ernsthafte sowie der oberflächliche Besucher werden den Kunstwerken nicht gerecht. Der erstere, weil er die Fülle nicht aufnehmen kann, der letztere, weil er daran vorbeispaziert.

Es müssen also leichtere Kunstwerke her, leichter erreichbar, leichter überschaubar, leichter verdaubar, leichter filmbar, leichter knipsbar, vielleicht sogar leichter abhakbar.

So tat sich ein Konsortium zusammen, welches diese Marktlücke erkannte und mit Hilfe großer Organisationen und reicher Sponsoren das WKW, das Weltkunstwerk (zu deutsch Worldwork of art), erbauen ließ. Nun steht es fix und fertig im Schnittpunkt der sieben Weltmeere, im Nabel des Weltflugverkehrs, versehen mit eigenen Autobahnen und Parkplätzen, bestückt mit der besten Hotellerie und mit allem Komfort, in Erwartung, besichtigt zu werden.

Die hervorragendsten Künstler der Welt haben daran

mitgewirkt. Es ist ein riesiges Kunstgebilde aus ehrlichen Materialien, ein Dialog aus Glas, Stein und Beton, ohne verlogenes Beiwerk wie Stuck, Bild- oder Plastikschmuck. Es ist leicht überschaubar, nicht zu tief, obwohl tiefere Bedeutungen hineingeheimnist werden können, es ist, wie die Presse behauptete, »eine ent-feierlichte Schöpfung, der aber eine gewisse Feierlichkeit nicht abgesprochen werden kann«. Dazu ist es immens fotogen, es kann zu allen Tages- und Nachtzeiten von allen Seiten gefilmt oder fotografiert werden, und selbst auf den kreativen Besucher hat man nicht vergessen. Er darf am Bau des Kunstwerkes immer noch mitwirken, mitgestalten, mitsprechen, seine Ideen hineinlegen, gewisse Flächen und Räume in neue Dimensionen setzen, er darf Türme aufsetzen und andere herunternehmen, darf Portale verlegen, darf Köpfe und andere Körperteile der in das Kunstwerk aufgenommenen Statuen vertauschen – es ist ein Weltkunstwerk, easy for sightseeing, maßgeschneidert für den modernen, schnellebigen, gestreßten Menschen. Die Sache hatte nur einen Haken: Das Kunstwerk wird von niemandem besichtigt.
Rundum steht alles leer, die Hotels und die Parkplätze, die Airports und die Swimmingpools. Kein Hahn kräht nach dem Monument aus Superlativen, bis eines Morgens ein Satz darauf entdeckt wurde, hingesprayt mit groben Lettern. Er lautete kurz und bündig: »Das gibt mir nichts.«
Von da an mußte sich wenigstens die Polizei mit dem Kunstwerk befassen.

Wie sagte einmal ein Kunstkritiker? Moderne Kunst ist nicht schwer zu verstehen. Hängt es an der Wand, ist es ein Bild, kann man drum herumgehen, ist es eine Skulptur.

Von Edith Piaf stammt der schöne Ausspruch: »Moral ist, wenn man so lebt, daß es gar keinen Spaß mehr macht, so zu leben.« Derselben Ansicht ist mein Freund Dr. Robinson. Oft blättert er in seinem imaginären Tagebuch, imaginär deshalb, weil er gar keines führt. Wozu auch? Wo sollte er es verstecken? Selbst wenn er es in einem Safe auf dem Grunde des Meeres aufbewahrte – seine Frau würde es finden. Und was dann wäre? Nicht auszudenken. Sie würde entsetzt sein. Besonders bei dem folgenden finsteren Kapitel seines Lebens. Betitelt:

Wumm!

Robinson besaß ein Absteigquartier. Wozu er es brauchte? Er hatte an seinem Geburtstag von einem seiner Klienten ein Puzzlespiel bekommen, mit dem man aus 999 Steinen den Wiener Stephansdom zusammensetzen konnte. Dazu brauchte er es *nicht*. Für seine Briefmarkensammlung auch nicht. Wozu also? Sie haben es erraten.

An einem Sonntag vormittag stieg er wieder ab. Ungeduldig sah er nach der Uhr – endlich läutete es an der Eingangstür. Robinson öffnete – draußen stand ein hübsches junges Mädchen, eine echte Wiener Vorstadtpflanze.

»Sie sind also doch gekommen!« sagte Robinson gokkelnd. »Treten Sie ein!«

»Haben Sie geglaubt, daß ich *nicht* kommen werde?« fragte das Mädchen, während es sich neugierig umsah.

»Geglaubt? Gefürchtet. Nehmen Sie einen Drink? Whisky, Brandy, Sherry ...«

»Whisky. Wumm! Sie schenken aber gut ein. Das ist bei uns im Espresso ein doppelter.«

»Cheerio!« prostete Robinson ihr zu.

»Cheerio!« Beide tranken, Robinson schenkte nach.

»Es war ein glücklicher Zufall«, meinte er charmant, »der mich gestern in Ihr Lokal führte. Sie waren mir doch nicht böse, daß ich beim Zahlen einen Zettel mit meinem Namen und dieser Adresse auf die Tasse legte?«

»Wenn ich bös' gewesen wär', hätt' ich ja nicht draufgeschrieben ›Morgen um elf‹, wie ich Ihnen das Wechselgeld gebracht hab'.«

Beide lachten. »Sie werden jetzt wahrscheinlich glauben, daß ich zu jedem in die Wohnung geh', der mir seine Adresse auf die Tasse legt.«
»Wie können Sie so etwas denken? So eine Frau würde mich doch gar nicht interessieren«, log Robinson.
»Wie heißt du denn eigentlich?«
»Wumm! Sind wir schon per du?«
»Wir können ja Bruderschaft trinken. Cheerio!«
»Cheerio!«
»Kuß!«
»Wumm!«
»Der gehört doch dazu.« Robinson küßte sie. Er war zufrieden mit sich. Schließlich war er ein Fünfziger, und die alte Masche wirkte immer noch. »Und jetzt sag' mir, wie du heißt.«
»Claudia.«
»Schön!«
»Schön *wäre* es. Das ist aber nur mein Künstlername als Serviererin. In Wirklichkeit heiß' ich Theresia, nach der Großmutter, aber der Chef will nicht, daß mich die Gäst' Resi rufen. Er sagt, das paßt nicht zu seinem modernen Lokal. Dabei bin ich gar nicht so modern. Ich bin eher eine Resi als eine Theresia«, plauderte sie weiter. Der Whisky, konstatierte Robinson. »Ich hab' zum Beispiel meinen Verlobten noch nie betrogen. Hältst du das für modern?«
»Du hast also einen Verlobten.«
»Ja. Wumm!« kicherte sie, »wenn der wüßt', daß ich jetzt bei dir bin! Er ist nämlich furchtbar eifersüchtig. Der hat mich einmal beim Burgtheater mit einem jungen Mann gesehen, dem hat er, ohne zu fragen, wer er

ist, eine Ohrfeige gegeben, daß er vis-à-vis im Garten vom Café Landmann gesessen ist.«

»Wumm!« lachte Robinson.

»Dabei war es mein Bruder«, ergänzte Claudia. »Eifersüchtig darfst du also *nicht* sein. So ein Exemplar hab' ich schon in meiner Raupensammlung.«

»Bin ich nicht«, versicherte Robinson.

»Du hast doch sicher eine Frau.«

»Ja.« Robinson war selig. Er brauchte ihr nichts vorzumachen.

»Cheerio!« sagte er und wollte sie küssen. Im selben Moment läutete es an der Tür. »Zu dumm!« schimpfte Robinson. »Jetzt kommt der Kerl doch noch.«

»Was für ein Kerl?«

»Ein Reporter, der mich unbedingt interviewen will.«

»Bist du denn ein Star?«

»Anwalt«, ergänzte Robinson. »Staranwalt.«

»Wumm!« staunte Claudia ehrfurchtsvoll.

»Geh' einen Moment ins Schlafzimmer, ich schicke ihn wieder fort. Für zehn habe ich ihn herbestellt – jetzt ist es halb zwölf.«

»Ich geh' lieber ins Bad und mach' mich ein bißchen frisch. Gib mir bitte meine Tasche.« Robinson gab ihr die Tasche, Claudia ging ins Bad, Robinson öffnete einen Spaltbreit die Tür, draußen stand ein gepflegt aussehender junger Mann.

»Entschuldigen Sie die Verspätung«, bat er. »Der Verkehr – man kommt nicht weiter.«

»Es tut mir leid«, bedauerte Robinson. »Ich habe bereits einen anderen Termin.«

Der Reporter war verzweifelt. »Tun Sie mir das nicht

an, das kann mich meinen Job kosten. Wir sind bestimmt bald fertig. Nur zehn Minuten«, bettelte er.
»Also gut. Kommen Sie weiter. Nehmen Sie Platz. Whisky?«
»Danke, ich will Sie nicht aufhalten. Da ist der Kassettenrecorder – sprechen Sie bitte in das Mikro. Ich fange gleich an. Hatten Sie schon immer den Wunsch, Jurist zu werden?«
»Nein«, sprach Robinson in das Mikro. »Als Kind wollte ich Cowboy werden, als Student Filmschauspieler ...«
»Und was hat Sie dann bewogen, Anwalt zu werden?«
»Die Tradition. Mein Großvater war Anwalt, mein Vater war Anwalt, die Kanzlei besteht seit hundert Jahren ...«
»Ich verstehe. Ihre Lieblingsspeise, habe ich einmal in einer Zeitung gelesen, sind gefüllte Paprika, Ihr Lieblingskomponist ist Mozart, Ihr Lieblingsschriftsteller Schnitzler – das fülle ich selbst aus. Weiter: Wie würden Sie Ihr Temperament beurteilen?«
»Das ist schwer zu sagen. Meine Frau behauptet, daß ich bei Tag cholerisch, bei Nacht phlegmatisch bin. Das schreiben Sie natürlich nicht«, lachte Robinson.
»Natürlich nicht. Sind Sie eifersüchtig?«
»Nein.«
»Da beneide ich Sie. Das ist *mein* größter Fehler. Ich habe eine Verlobte, ein anständiges Mädel, das mich nie betrügen würde, aber wenn das doch einmal der Fall wäre, ich glaube, ich würde sie erschießen. Zum Glück kann ich mich auf Claudia verlassen.«
Robinson stutzte. »Auf wen?« fragte er beunruhigt.

»Auf Claudia. So heißt sie. Das heißt, eigentlich heißt sie Theresia.«
»Nach der Großmutter«, rutschte es Robinson heraus.
Der Reporter horchte auf. »Woher wissen Sie das?«
»Ich weiß es nicht«, stotterte Robinson. »Bloß weil Sie sagten Theresia. Zu meiner Zeit hießen alle Großmütter Theresia. Machen wir Schluß. Mein Klient wartet im Nebenzimmer.«
»Nur noch eine Frage: Was würden Sie tun, wenn Sie dahinterkämen, daß Ihre Frau oder Ihre Freundin Sie betrügt?«
Robinson zitterte. »Wie meinen Sie das?«
»Sie müssen doch irgendwie reagieren. Ich zum Beispiel habe Claudia einmal mit einem jungen Mann beim Burgtheater gesehen und habe ihm, ohne zu fragen, wer er ist, eine Ohrfeige gegeben, daß er vis-à-vis im Garten des Café Landmann gesessen ist.«
»Wumm!« sagte Robinson entsetzt.
Der Reporter wurde aufmerksam. »Was haben Sie eben gesagt?«
»Nichts«, stammelte Robinson.
»Sie haben ›Wumm‹ gesagt.«
»Darf ich das nicht?« Robinson versuchte energisch zu wirken. »Ich kann ›Wumm‹ sagen wann und sooft ich will. Wumm! Wumm! Wumm!«
»Claudia sagt auch immer ›Wumm‹«, sagte der Reporter lauernd. Dann starrte er auf einen Fauteuil. »Was ist das für ein Schirm?« fragte er.
»Das?« stammelte Robinson. »Ein Regenschirm. Er gehört meiner Frau.«

»Sie lügen!« Der Reporter wurde ungemütlich. »Der Schirm gehört Claudia. Ich kenne ihn.«
»Sie sind ja verrückt. Von diesen Schirmen gibt es bestimmt Hunderttausende.«
»Eben nicht. Mein Freund ist Modedesigner. Er hat diesen Schirm entworfen, die Erzeugung wäre aber zu teuer gekommen, und so hat man darauf verzichtet. Das Modell hat er Claudia geschenkt. Gestehen Sie, oder ich schlage Ihnen den Schädel ein!« Er griff nach einem schweren Bronzeleuchter.
»Guido!« Claudia kam schreiend aus dem Badezimmer. Sie hatte nichts weiter an als einen Büstenhalter und ein Höschen. »Er ist unschuldig!«
»Also doch!« keuchte der Reporter, rasend vor Eifersucht. »Wie kommst du hierher?«
»Ich hatte mit dem Herrn Doktor wegen meiner Scheidung zu sprechen. Ich habe dir nie gesagt, daß ich verheiratet bin, weil ich dich nicht verlieren wollte!«
Das Gesicht des Reporters, das bereits rot angelaufen war, verzog sich zu einer Fratze. »Und da gehst du in diesem Aufzug zum Anwalt? Wo hast du dein Kleid?«
»Im Badezimmer.«
»Also doch.«
»Nein! Es schaut nur so aus! Ich wußte ja nicht, daß *du* der Reporter bist, den der Herr Doktor erwartet hat! Ich wollte euch nicht stören, deshalb bin ich in das Badezimmer gegangen und habe mich bei der Gelegenheit gleich ein bißchen frischgemacht.«
»Das glaube ich dir nicht! Ich bring' ihn um!«

»Laß ihn!« Claudia warf sich zwischen die beiden. Robinson sprach über ihre Schulter. »Die Sache wird sich doch mit anderen Mitteln erledigen lassen«, meinte er zitternd.
»Sie meinen mit Geld?« fragte der Reporter wütend.
»Ja. Wie wäre es mit zehntausend Schilling?«
Der Reporter sah zögernd vor sich hin. »Die könntest du doch grad brauchen«, redete Claudia ihm zu. »Die letzte Rate für dein Auto.«
»Also gut«, entschloß sich der Reporter. »Obwohl ich mir selber ins Gesicht spucken könnte, daß ich auf so einen ehrlosen Handel eingehe.« Robinson entnahm seiner Brieftasche zehn Scheine und gab sie dem Reporter. »Komm!« sagte dieser zu Claudia, die sich inzwischen angezogen hatte. »Wir gehen!«
»Es tut mir leid, Herr Doktor«, sagte Claudia noch, dann waren sie draußen.
Robinson atmete auf. Er horchte an der Tür. Er hatte die beiden weder die Treppe hinuntergehen noch in den Lift einsteigen gehört. Er sah durch den Spion – da standen sie noch.
»Da haben Sie Ihren Teil«, sagte der »Reporter« eben und gab Claudia, oder wie immer sie hieß, sechs Tausender.
»Okay«, meinte Claudia. »Sie wissen ja, daß wir heute noch einen Herrn haben, der mir gestern seine Adresse auf die Tasse gelegt hat.«
»Genau, Frau Chefin. Generaldirektor Schleich, Schottgasse 2, 5. Bezirk. Aber das macht der Edi. Ich bin heute schon frei. Er hat den General bereits angerufen und ist um vier zum Interview bestellt.«

»Dann soll er um sechs hingehen – ich bin um fünf dort.«
»Ist recht, Frau Chefin. Und vergessen Sie den Schirm nicht wie neulich.«
»Keine Angst. So etwas passiert mir nur einmal.«
»Wiedersehen, Frau Chefin! Meine Braut wartet auf mich.«
»Wiedersehen!«
Der Reporter rannte die Treppe hinunter, Claudia folgte ihm gemächlich.
Robinson starrte entgeistert vor sich hin. »Wumm!« sagte er.

Am nächsten Tag stand im Inseratenteil der Zeitung unter Vermietungen: Elegantes Apartment an einzelnen Herrn weiterzugeben. Auch fallweise. Unter »Wumm« an die Redaktion.

Zum Geschäftsmann muß man Talent haben wie zum Dichter oder zum Politiker. Nur von schlechten Geschäften zu sprechen ist ein schlechtes Geschäft. Man muß, im wahrsten Sinne des Wortes, handeln.
Mein Neffe Ladi, damals acht, ist der geborene Geschäftsmann. Das beweist die Geschichte:

Katzen en gros

Mein Schwager Goldmann hat eine Katze. Sie heißt Muschi. Goldmann haßt sie. Goldmann haßt alle Katzen. Seine Frau Hermine und sein Sohn Ladi lieben sie. Sie lieben alle Katzen. »Katzen«, pflegt Hermine zu sagen, »sind süße, kleine Wesen, von denen jedes einen anderen Charakter hat.« »Unsere Katze«, sagt Goldmann, »hat *keinen* Charakter.« Und doch. Wenn Hermine oder Ladi Muschi streicheln, schnurrt sie. Wenn Goldmann sie streichelt, faucht sie. Sie *hat* also Charakter.

Was hat Goldmann nicht schon alles versucht, um die Katze loszuwerden. Viermal hatte er sie bereits von zu Hause weggetragen, hatte den trauernden Tierfreund gespielt, wenn Ladi und Hermine ihm weinend berichteten, daß Muschi sich verlaufen habe – aber wenn er dann, innerlich frohlockend, versprach, sich sofort auf den Weg zur Polizei zu machen, um den Verlust anzuzeigen, saß Muschi bereits vor der Tür und miaute. Er wußte nicht, ob es Einbildung war, aber ihm schien es jedesmal, als ob ein höhnisches Lächeln um ihr kleines Mäulchen spielte.

Goldmann hatte ein Landhaus gekauft. »Jetzt«, sagte ihm sein Freund Dr. Robinson, den Muschi einmal gekratzt hatte, »hast du die beste Gelegenheit, dich der Katze zu entledigen.«

»Wieso?« fragte Goldmann. »Viermal habe ich sie von zu Hause weggetragen, und viermal ist sie wiedergekommen.«

»Weil ihr die Gegend bekannt war«, meinte Robinson. »In der neuen, ihr unbekannten Umwelt findet sie nicht zurück.«

RANG.

»Vielleicht hast du recht«, überlegte Goldmann.
Einige Tage später trafen sie einander wieder. »Na?« erkundigte sich Robinson. »Hast du die Katze weggetragen?«
»Weggetragen?« entgegnete Goldmann. »Mindestens sechs Kilometer weit. Ich habe sie durch fremde Straßen getragen, durch Wälder getragen, durch Felder getragen, über einen Bach getragen, habe mir nasse Füße geholt –«
»Und?«
»Wenn ich dem Vieh nicht nachgelaufen wäre, hätte ich nicht zurückgefunden.«
Die Katze blieb also. Und sie war glücklich. Im Nebenhaus gab es einen Kater. Er hieß Casanova und machte seinem Namen alle Ehre. Casanova sehen und sterben, dachte Muschi, aber sie starb nicht, sie bekam Junge. Sechs Stück.
»Die Katze muß aus dem Haus!« tobte Goldmann, als Hermine ihm von Muschis Fehltritt berichtete. »Und die Jungen wirst du ertränken!«
»Ich?« schrie Hermine auf. »Nie im Leben! Wenn du diese süßen, unschuldigen Wesen ertränken willst, dann tu *du* es!«
Goldmann war sofort still. Er könnte es auch nicht. Er hatte noch nie ein Tier getötet. »Gut«, brummte er. »Warten wir noch ein paar Tage, vielleicht finden wir Plätze für sie.«
»Laß mich das machen!« bettelte Ladi. »Ich bringe sie bestimmt unter!«
»Wenn du das kannst«, meinte Goldmann erleichtert, »dann meinetwegen. Ich bleibe eine Woche in Wien –

wenn ich wiederkomme, will ich die Katzen nicht mehr sehen«

Drei Tage später saß Ladi mit seinem Freund, Bubi Wimmer, vor dem Haus und fütterte eines der Kätzchen. Er schüttete etwas Milch in eine Untertasse, und das Kätzchen trank daraus. Im selben Moment kam ein deutsches Touristenehepaar vorüber. »Guck doch, Karlheinz!« sagte die Frau. »Wie süß! Das mußt du knipsen!«

»Mach ich«, sagte Karlheinz. »Stell dich dazu, ich mache eine Gruppenaufnahme.«

Die Frau stellte sich zu den beiden Jungen, Karlheinz führte die Kamera an die Augen. »Moment!« sagte er plötzlich und setzte sie wieder ab. »Komm mal her, Gundula!« Gundula ging zu ihrem Mann. »Sieh dir mal die Tasse an«, flüsterte Karlheinz ihr zu. »Das ist Jugendstil. Du weißt, ich verstehe etwas von diesen Dingen. Die Tasse ist heute ihre sechstausend Mark wert. Die muß ich bekommen. Aber billig.«

»Laß *mich* das machen«, flüsterte Gundula zurück. »Zu mir hat der Junge bestimmt mehr Vertrauen als zu dir. Hör mal«, wandte sie sich an Ladi. »Du hast ja da 'n süßes Kätzchen. Wie heißt es denn?«

Ladi zierte sich nach Art der Kinder. »Es hat noch keinen Namen«, sagte er verhemmt.

»Willst du es mir nicht verkaufen?«

»Nein.«

»Wenn ich dir fünfzig Schilling gebe?«

»Nein.«

»Hundert Schilling?«

»Auch nicht.«

»Ich habe einen kleinen Jungen zu Hause. Er würde sich irrsinnig freuen, wenn ich ihm das Kätzchen brächte. Ich gebe dir zweihundert Schilling.«
»Nein«, lachte Ladi verschämt.
»Und wie wäre es mit fünfhundert Schilling?« sprang Karlheinz seiner Frau bei, obwohl er nicht wußte, was sie mit dem Kätzchen wollte. Sie hatten doch gar keinen Jungen zu Haus.
»Nein«, sagte Ladi wieder.
Bubi Wimmer schubste ihn. »Für fünfhundert Schilling würde ich die Katze hergeben, Mann!«
»Meinst du?«
»Logo.«
»Also gut.« Er gab Gundula das Kätzchen und bekam von Karlheinz fünfhundert Schilling.
Gundula schien zu überlegen. »Da ist aber noch etwas«, sagte sie. »Mir fällt eben ein, daß das Kätzchen gewohnt sein wird, aus dieser Tasse zu trinken. Die mußt du mir schon dazugeben.«
Jetzt verstand Karlheinz, worauf seine Frau hinauswollte.
»Nein«, sagte Ladi und hielt die Tasse fest.
»Und wenn ich dir für die Tasse weitere hundert Schilling gebe?« fragte Karlheinz.
»Nein!« Ladi schüttelte heftig den Kopf.
»Zweihundert Schilling.«
»Nein!«
»Fünfhundert Schilling!«
»Nein!« weinte Ladi und schrie: »Mami!«
»Komm, Gundula!« Karlheinz war verärgert. »Mit dem Jungen ist nicht zu reden. 'n sturer Bengel.« Sie

gingen weiter. »Was machen wir jetzt mit der Katze?«
»Die behalten wir. Ist doch süß, nich?«
»Ich verstehe dich nicht«, meinte Bubi, als er mit Ladi wieder allein war. »Warum hast du ihnen die Tasse nicht gegeben?«
»Das kann ich dir verraten«, lächelte Ladi pfiffig.
»Na? Warum?«
»Weil ich durch die Tasse schon fünf Katzen verkauft habe. Jetzt kommt die letzte dran!«

Ladis Zukunft scheint gesichert. »Er wird ein bedeutender Kaufmann werden«, sagte seine Mutter. »Oder ein großer Betrüger«, dachte sein Vater – und glaubte an das letztere.

Auch Fachbücher sind Literatur. Auch Werke wie »Der Rock'n'Roll im 15. Jahrhundert«, »Vom Chamäleon zum Akkordeon« oder »Für den Juwelenfreund: Von den Kronjuwelen der Kleopatra bis zu den Gallensteinen der Liz Taylor« haben ihre Leser. Auch sie bilden eine Konkurrenz für uns Belletristiker. Ich bin kein Mensch, den der Neid plagt, aber ich habe

Ärger, nichts als Ärger

Ich ärgerte mich. Warum? Ich hatte allen Grund dazu. Nun bin ich keiner von denen, die ihren Ärger zeigen. Ich schimpfe in mich hinein und balle die Fäuste in den Hosentaschen. Beides ist ungesund. Man soll seine Wut dem andern ins Gesicht schleudern, und die Fäuste –? Mit den Fäusten sollte man vorsichtig sein. Ich bekam einmal Streit in einem Kino. Warum? Vor mir saß ein zwei Meter großer Mann mit zwei Damen. Bald bewegte er seinen Kopf nach der einen, bald nach der anderen Seite. Ich tippte ihm auf die Schulter und sagte höflich: »Würden Sie bitte Ihren Kopf geradehalten?« Er fragte: »Warum?« Ich sagte: »Weil ich nichts sehe.« Er sagte: »Sie brauchen nichts zu sehen. Schauen Sie auf mich, und wenn *ich* lache, lachen Sie auch.« Ich lachte *nicht*, aber die Leute neben mir lachten. Das ärgerte mich noch mehr. Ich sagte drohend: »*Ein* Wort noch, und ich schlage Sie k.o.!« Er sagte: »Versuchen Sie's!« Das waren *zwei* Worte, also gab ich mich zufrieden. Aber ich wollte ja von einem andern Ärger erzählen.
Ich ging durch die City und betrachtete dabei die Schaufenster der Buchhandlungen. Nun werden Sie denken, daß ich zu den kleinlichen und eingebildeten Dichtern gehöre, die da prüfen wollen, ob ihre Werke leicht sichtbar an den ihnen gebührenden Plätzen ausgestellt sind. Sie haben recht, ich bin einer jener Typen. Natürlich ist das »in das Schaufenster schauen« gar nicht so leicht, wie man denkt, weil ja der Buchhändler hinter dem Schaufenster sitzen und einen beobachten könnte. »Ha!« würde er hämisch lachen,

»der Kerl prüft, ob ich sein Buch im Schaufenster habe. Vielleicht noch auf dem besten Platz! Hahahaha!« Der beste Platz ist natürlich unten in der Mitte, man braucht also, um den Buchhändler zu täuschen, einen Trick, bekommt aber darin bald eine gewisse Fertigkeit. Man hebt den Kopf und tut, als ob man die obenstehenden Bücher anschauen würde, richtet aber gleichzeitig die Augen nach unten. Vielleicht ist das ein Grund, weshalb es so viele schielende Schriftsteller gibt. Um es gleich vorwegzunehmen, von meinen Büchern fand ich keines. Auch nicht das zuletzt erschienene. Das konnte zwei Gründe haben: erstens, das Buch ist ausverkauft, das letzte Exemplar wurde bereits aus dem Schaufenster genommen – zweitens, der Buchhändler hat es nie in das Schaufenster gegeben, weil ihm andere Bücher wichtiger waren. Meistens ist das letztere der Fall. Da plötzlich – was sah ich? Ein Buch: »Die Geschichte des Holzmosaiks« von H. Wiener! Das erklärte natürlich manches. Der Buchhändler, der ja bei der Anzahl der täglichen Neuerscheinungen keine Zeit hat, sich mit jedem einzelnen Buch zu befassen, hatte einen Blick auf den Namen des Autors geworfen, hatte »H. Wiener« gelesen, hatte gedacht, das wäre ich, und hatte dieses minderwertige Machwerk, etwas anderes konnte es ja nicht sein, in das Schaufenster gegeben, während *mein* Buch, das beste aller Bücher, im Laden verkümmerte. Und so erging es anscheinend nicht nur *einem* Buchhändler, sondern allen. In keinem Schaufenster war mein Buch zu sehen, aber in jedem die verblödete »Geschichte des Holzmosaiks« von H. Wiener. Das mußte gestoppt werden. Ich eilte zu meinem Verleger und berichtete ihm von dem Skandal.

»Was wollen Sie?« fragte mein Verleger gelassen. »Der Mann heißt ›Wiener‹. Daran läßt sich doch nichts ändern.«

»An dem ›Wiener‹ nicht«, tobte ich, »aber an dem ›H‹!«

»Und wenn er ›Herbert‹ heißt – oder ›Hans‹?«

»Dann soll er sich Herbert oder Hans nennen!« schrie ich. »Ich lasse mir doch von dem Mann nicht meine mühevoll aufgebaute Karriere ruinieren! Leider scheinen Sie auf seiner Seite zu sein! Natürlich! Jetzt wird mir manches klar! Sie verlegen sein nächstes Buch! Aber das sage ich Ihnen: Ich werde mich zu wehren wissen! Das ist ein Vergehen gegen die Menschenrechte! Ich werde ihn verklagen, und wenn ich bis zum Gerichtshof in Den Haag gehen müßte! Ich werde es nicht dulden, daß dieser Mensch mit seinem ›H‹ von meinem Namen lebt!«

»Sie sind ja verrückt!«

»O nein! Verrückt sind die, die mit ihm unter einer Decke stecken! Zu denen gehören *Sie!* Aber Sie werden es bereuen! Ich gehe zu meinem Anwalt!« Ich ging zu Dr. Robinson und berichtete ihm den Vorfall. Mit meinem Verleger hatte ich mich zerkracht.

Robinson tätigte einige Telefonate, dann sagte er bedauernd: »Es tut mir leid, ich habe eben mit dem Meldeamt gesprochen. Der Mann heißt Wiener, sein Vater hieß Wiener, sein Großvater hieß Wiener – alle seine Vorfahren hießen Wiener.«

»Und was heißt ›H‹?«

»Heimito.« Das auch noch. »Mir ist es egal, wie er heißt, schrie ich, »aber wenn er Heimito heißt, dann soll er sich auch Heimito nennen! Aber ich sehe schon, was da gespielt wird! Du bist sein Anwalt und hast mit *meinem* Verleger *seinen* Vertrag gemacht! So endet eine fünfzehnjährige Freundschaft, du – Schuft!« Ich ging nach Hause. Mit Robinson hatte ich mich auch zerkracht.

Unterwegs traf ich meinen Freund Spannagl. »Gratuliere!« rief er. »Eben habe ich dein neues Buch im Schaufenster gesehen! Ein guter Titel! Endlich einmal etwas anderes: ›Die Geschichte des Holzmosaiks.‹ Ich freue mich schon darauf! Am Abend fange ich an, es zu lesen!«

»Das Buch ist nicht von mir!« brüllte ich und ließ ihn stehen. Er sah mir verblüfft nach. Ein paar Schritte weiter traf ich meinen Freund und Dentisten Dr. Wronsky, mit einem kleinen Päckchen in der Hand. »Dein neues Buch«, sagte er erfreut und zeigte auf das Päckchen. »Sehr originell: ›Die Geschichte des Holzmosaiks.‹ Ich habe gleich zwei Exemplare gekauft, weil mein Schwager morgen Geburtstag hat. Und zehn Exemplare habe ich bestellt. Nächste Woche sind meine Frau und ich bei einigen Partys – da nehme ich überallhin eines mit. Als Mitbringsel, du verstehst.«

»Das Buch *ist* nicht von mir!« schrie ich noch lauter als vorhin bei Spannagl. Trottel, dürfte er sich gedacht haben. Ich glaube sogar, er hat es mir nachgerufen. Ich eilte nach Hause. Mit Spannagl und Wronsky hatte ich mich auch zerkracht. Meine Frau wird mich verstehen.

»Da kannst du gar nichts dagegen tun«, sagte sie, nachdem ich ihr den Sachverhalt geschildert hatte. »Wenn der Mann Heimito heißt, kann er sich ruhig ›H‹ nennen. Genauso wie wenn er Helmuth oder Hadubrand hieße.« Meine Frau verstand mich auch nicht.

In der Nacht konnte ich nicht schlafen. Ich träumte, Ritter Hadubrand und ich fochten ein Turnier aus. Aber wie ungleich waren unsere Waffen! Während Hadubrand eine Lanze aus Eisen hatte, hatte ich eine aus Holz mit Holzmosaiken. Jetzt stieß er mir die Lanze ins Herz. Ich hatte gerade noch die Kraft, ihm ein Buch an den Kopf zu werfen – es war natürlich »Die Geschichte des Holzmosaiks« –, ehe ich mit einem Schrei erwachte.

»Was hast du?« fragte meine Frau erschrocken.

»Nichts«, sagte ich. Ich könnte ruhig schreiben »sagte ich schweißgebadet«, aber der Ausdruck ist zu abgebraucht. In den nächsten Monaten erschienen immer mehr Bücher meines Feindes.

»H. Wiener, Tiroler Intarsien«, »H. Wiener, Einlegearbeiten aus Elfenbein«, »H. Wiener, Intarsien aus dem alten Orient« und noch einige andere. Meine Freunde wurden immer weniger. Klar. Sie kauften diese Bücher und waren enttäuscht. Dafür kamen andere. Es begann mit Leserbriefen. Fachleute setzten sich mit mir in Verbindung. Sie hielten mich für Heimito. Sie schickten mir Fotos von Einlegearbeiten aus Schildpatt, Messing und Zinn und befragten mich um meine Meinung. Ich begann mich dafür zu interessieren. Ich fuhr nach Urbino, um die Einlegearbeiten im

Palazzo Ducale zu besichtigen. Ich schrieb ein Buch darüber: Die Schönheiten des Palazzo Ducale. Nun zerkrachte ich mich auch mit meinem Schwager Goldmann. Er hatte sich das Buch gekauft, in dem Glauben, daß es sich bei den »Schönheiten des Palazzo Ducale« um ein pornographisches Werk handle. Nun schien sich auch Heimito zu ärgern. Er brachte einen Band auf den Markt: H. Wiener, Ehrenmänner und andere Gauner. Ich schäumte vor Wut. Der Titel roch nach Satire. Ich kaufte mir den Band, er handelte von Schwindlern, die mit gefälschten Intarsien Geschäfte machten.

Ich suchte einen befreundeten Buchhändler auf. »Sagen Sie, Herr Borger«, begann ich (der Name wurde aus begreiflichen Gründen geändert), »wurde dieser H. Wiener eigentlich schon oft mit mir verwechselt?«

»Bisher überhaupt nicht«, antwortete Herr Borger. »Jetzt, nach seinem letzten Werk scheint es allerdings der Fall zu sein. Der Titel des Buches klingt ja auch ganz so, als ob es von Ihnen wäre.«

»Und?« fragte ich lauernd. »Verkaufen Sie jetzt, seitdem er mit mir verwechselt wird, mehr von seinen Büchern?«

»Mehr?« lachte Herr Borger. »Seit er mit Ihnen verwechselt wird, verkaufen wir überhaupt keins mehr.«

Ich weiß nicht, warum wir Dichter unbedingt reich werden wollen.

Ich zitiere wieder Jonathan Stöbsel, der da sagt: »Ein Dichter muß hungern. Untergewicht ist jedoch kein Garant für literarische Einfälle.«

Der deutsche Dichter Christian Fürchtegott Gellert schrieb:

Genieße, was dir Gott beschieden,
Entbehre gern, was du nicht hast!
Ein jeder Stand hat seinen Frieden,
Ein jeder Stand hat seine Last.

Dabei kannte Christian Fürchtegott weder das Fernsehen noch die geplante Serie:

Die zehn Gebote

Toplitz drehte für das Fernsehen. Wer ist Toplitz, werden Sie fragen. Ich habe schon oft von ihm berichtet. Toplitz war vor grauen Zeiten mein Freund, von Beruf Schauspieler. Um es gleich zu sagen: als Freund war er besser als als Schauspieler.

Wieso er dann für das Fernsehen drehte? Toplitz wollte schon vor Jahren die Bühne verlassen, um zu heiraten, weil er das Verlangen hatte, dreimal am Tag zu essen, und das erlaubten ihm seine Gagen nicht. Also suchte er eine Frau. Eine Traumfrau. Eine Frau, die so reich ist, daß ihr Stolz es nicht gestattet, daß ihr Mann arbeitet. Und er fand eine solche. Wo? In der Schweiz. Wann? Anläßlich eines Gastspiels als Wilhelm Tell im Stadttheater in Solothurn. Wieso? Kollegen machten ihn auf sie aufmerksam. Wodurch? Durch das Loch im Vorhang. Julia Vetterli, so hieß sie, eine Frau um die Vierzig, saß in der Proszeniumsloge. Sie war die Erbin eines vermögenden Schweizer Schokoladefabrikanten, und, was das Schöne war: sie hatte ihn bereits beerbt. In der Szene »Durch diese hohle Gasse muß er kommen«, in welcher Tell auf den Landvogt lauert, um ihn zu töten, hat er den Satz zu sagen: »Auf diese Bank von Stein will ich mich setzen.« Toplitz sagte den Satz, aber er sagte ihn nicht, wie er ihn sonst zu sagen pflegte. Während er ihn sonst, drohende und wilde Blicke ins Parkett schleudernd, zwischen den Zähnen zermalmte, säuselte er ihn heute, süß wie Romeo, zur Proszeniumsloge empor. (Im Vertrauen gesagt: Bei dem Wort »Bank« dachte er schon nicht mehr an die »Bank von Stein«, sondern bereits an die Schweizer Nationalbank.) Die

Presse verriß zwar am nächsten Morgen diese völlig neue Auffassung des Tell, aber Julia lächelte, als sie es las. Sie wußte, Toplitz hatte nur für sie gespielt. Die beiden lernten einander kennen, Julias sonst so hartes Schokoladenherz schmolz dahin, sie wurde Frau Toplitz. Die Ehe verlief äußerst harmonisch, Toplitz versuchte sich in der Fabrik seiner Frau, aber Julia fühlte, daß ihm diese Tätigkeit nicht genügte. Ihm fehlten Bühnenluft und Filmatmosphäre.

Wieso drehte Toplitz für das Fernsehen, werden Sie wieder fragen. Folgen Sie mir nach den Vereinigten Staaten. In Brooklyn, einem dubiosen Bezirk von New York, gab es zwei dubiose Herren, Miller & Peabody, welche eine dubiose Film- und Fernsehproduktion führten. Die beiden dachten, daß es wieder einmal an der Zeit wäre, die »Zehn Gebote« zu verfilmen, diesmal als Fernsehserie, zehn Gebote – zehn Folgen, jede Folge ein Gebot. Dazu gehört natürlich Geld. In New York bekamen sie keines – nicht, daß man sie dort nicht gekannt hätte, im Gegenteil, man kannte sie zu gut –, also gingen sie nach Europa. Kurz vor dem Abflug wurde Miller Vater. Seine Frau schenkte ihm einen Jungen, den er »Oscar« nannte – so daß er in Europa mit gutem Gewissen erzählen konnte, daß er noch knapp vor der Abreise einen Oscar bekommen habe.

Die beiden fuhren in die Bundesrepublik, nach Österreich, in die Schweiz und hatten bald so viel Geld beisammen, daß sie bereits erwogen, zwanzig Gebote zu drehen. Erst zehn, dann noch zehn und dann vielleicht noch zehn. Über Fortsetzungen kann man beim

Fernsehen immer reden. Natürlich stellten die Geldgeber ihre Bedingungen. Der eine wollte seine Frau auf dem Bildschirm sehen, der andere seine Freundin, der dritte seine Tochter. Wen wollte Julia Toplitz sehen? Ihren Mann. Sie stieg, ohne sein Wissen, in die Produktion ein, was eine Erhöhung des Schokoladepreises zur Folge hatte – aber was sollte Toplitz spielen? Die Rollen waren bereits alle besetzt.

Sie erinnern sich noch, liebe Leserinnen und Leser – das heißt, Sie erinnern sich nicht, weil ich vergaß, es zu erwähnen: Die Serie spielte nicht wie in biblischen Zeiten in biblischen Zeiten, sondern wie es heute modern, modern. »Du sollst nicht stehlen« spielte im Heim eines Komponisten, »Sechs Tage sollst du arbeiten, aber am siebenten Tag sollst du ruhen«, spielte bei einem gestreßten Geschäftsmann, der zwar an allen sieben Tagen ruhte, aber erst nach dem zweiten Herzinfarkt. Aus »Du sollst nicht ehebrechen« machten sie eine lustige Dreieckskomödie, aus »Du sollst nicht töten« einen Krimi – aber was sollte Toplitz spielen? Einerseits war keine Rolle mehr frei, andererseits wollten sie auf Julias Geld nicht verzichten. Miller, der nicht nur Mitproduzent, sondern auch Regisseur und Drehbuchautor war, hatte eine Idee. »Ich schreibe ein Vorspiel«, sagte er, »das wirklich zur Zeit der Bibel spielt und das ich am Originalschauplatz drehen werde.«

»Und was wird mein Mann spielen?«

»Den Moses. Allein mit Gott« (eine zusätzliche Gage wollte man sich ersparen) »wird er am Berge Sinai stehen und die Gesetzestafeln empfangen.«

Toplitz war begeistert, als er von der Sache hörte. »Allein mit Gott«, wiederholte er immer wieder. Er, Toplitz, wird allein mit Gott auf dem Berge Sinai stehen. Wenn das seine Eltern erlebt hätten. Oder Tante Dora, die immer behauptet hat: »Aus dem Buben wird nichts.« Und nun wird er, allein mit Gott, auf dem Berg Sinai stehen.

Das Team flog nach Ägypten, bekam die Dreherlaubnis, Toplitz als Moses, mit langem Bart, langen Haaren, in Sackleinen gekleidet, mit Sandalen an den Füßen, stieg den Berg Sinai hinauf. Ihm folgten, allein mit Gott, Miller und Peabody, Julia Toplitz, Millers Regieassistent, ein Scriptgirl, drei Kameramänner, drei Kabelträger, vier Beleuchter mit vier Scheinwerfern, ein Toningenieur, zwei Assistenten, ein Mikroträger, ein Maskenbildner, der Requisiteur mit den zwei Steintafeln aus Plastik sowie fünfzig Polizisten, welche die fünfhundert Touristen in Schach halten sollten, die mit hinaufgekommen waren.

»Ruhe!« schrie Miller, als sie oben angelangt waren. Regisseure rufen immer »Ruhe!«, auch wenn kein Laut zu vernehmen ist. Diesmal allerdings waren viele Laute zu vernehmen. Peabody schrie mit Miller, daß er sich beeilen möge, weil beim Film jede Minute Geld kostet, Miller schrie mit seinem Regieassistenten, der Regieassistent mit dem Scriptgirl, die Polizisten mit den Touristen, die Touristen mit den Polizisten – nur Toplitz ging in einiger Entfernung auf und ab und versuchte, sich zu sammeln. »Allein mit Gott«, sagte er sich immer wieder vor. »Du bist allein mit Gott!«

Endlich war es soweit. Kameras und Scheinwerfer waren aufgestellt, alles war an seinem Platz. »Ruhe!« schrie Miller. »Wir fangen an! Probe! Los! Toplitz, Sie kommen langsam den Berg herauf!« Toplitz setzte sich in Bewegung. »Langsamer! Noch langsamer! Das ist *zu* langsam! Schneller! Noch schneller! Schluß! Noch einmal von vorn! Alles an seinen Platz!« Toplitz ging den Berg hinunter. »Probe! Toplitz! Schneller! Noch schneller! Nicht laufen! Anhalten! Versetzen Sie sich in die Lage Moses'! Er hat eine gewisse Scheu, aber er geht weiter! Herrlich, diese Sonne! Hoffentlich bleibt sie so, wenn wir drehen!«
Hoffentlich nicht, dachte Toplitz. Die Sonne brannte herunter, wie sie nur in Ägypten, nur auf den Berg Sinai und nur auf Moses, alias Toplitz, brennen konnte.
»Noch einmal von vorn!« Toplitz ging den Berg hinunter. »Los, Toplitz!« Toplitz ging den Berg hinauf. »Schreiten Sie! Das ist kein Gang für einen Moses! Versuchen Sie, etwas Würde in Ihren Gang zu legen! Sie gehen zu keinem Geschäftskollegen, Sie gehen zu Gott! So ist es gut! Warum hüpfen Sie plötzlich?«
»Ich hüpfe nicht!« schrie Toplitz hinauf. »Mir ist ein Stein in die Sandale gekommen!«
»Das darf Sie nicht kümmern!« tobte Miller. »Sie wollen Gott sehen! Haben Sie verstanden? Gott!«
Gott im Himmel horchte auf. Wer wollte ihn da sehen? Er blickte hinunter. Das ist doch – Moses, wunderte er sich.
»Maske!« schrie Miller. »Herrn Toplitz' Stirne glänzt!« Der Friseur, bei Film und Fernsehen »Mas-

ke« genannt, eilte hinunter und trocknete Toplitz die Stirne ab.
Toplitz? dachte Gott erstaunt. Seit wann heißt Moses Toplitz?
»Weiter! Probe! Los! Toplitz!« Toplitz ging den Berg hinauf.
»Aus!« Ein Lärm hatte sich erhoben. »Ruhe!« brüllte Miller. Im Augenblick war es still.
Wer ist der Mann? fragte sich Gott. Er scheint Autorität zu haben.
»Weiter! Probe! Los! Kommen Sie, Toplitz!« Toplitz, der den Berg hinuntergegangen war, ging ihn wieder herauf. »Verflucht! Jetzt ist eine Wolke vor die Sonne gekommen!«
»Weiter!« schmetterte Peabody. »Jede Minute kostet Geld! Es ist doch nur eine Probe!«
»Egal!« schmetterte Miller zurück. »Ich muß einen Eindruck haben, bevor ich drehe! Zum Teufel!« schrie er zum Himmel hinauf. »Weg mit der Wolke.«
Gott schubste erschrocken die Wolke weg. »So ist es gut«, lobte Miller. »Los! Toplitz, kommen Sie!« Toplitz, der den Berg hinuntergegangen war, ging ihn wieder hinauf. »Schreiten Sie, Toplitz, schreiten Sie! Sie hüpfen ja schon wieder! Haben Sie schon wieder einen Stein in der Sandale?«
»Nein!« schrie Toplitz hinauf.
»Was denn?«
»Ich habe in *beiden* Sandalen Steine!«
»Ziehen Sie sie aus und gehen Sie barfuß!«
Toplitz zog die Sandalen aus und machte einen Luftsprung. Der Boden brannte wie Feuer.

»Was haben Sie jetzt wieder?«
»Heiß! Der Boden ist heiß!« Toplitz verfluchte den Moment, in dem er seinen Schreibtisch in der Schokoladefabrik seiner Frau verlassen hatte.
»Kommen Sie! Sie werden sich nicht verbrennen! So ist es gut! Blicken Sie hinauf!« Toplitz blickte zum Himmel. »Beleuchter, das Licht!« Ein Strahlenkranz erschien auf den Wolken. »Sinken Sie auf die Knie! Sie fühlen den leichten Wind, der jetzt aufkommt! Berger!« tobte Miller plötzlich. »Wo ist der Wind?«
Berger war der Requisiteur. »Lieber Gott«, betete er. »ich habe die Windmaschine vergessen. Schicke einen leichten Wind, lieber Gott, sonst verliere ich meinen Job!«
Gott hatte Mitleid mit Berger. Er blies die Backen auf. Wenn aber Gott die Backen aufbläst, gibt es keinen leichten Wind. Den überläßt er den Blasengeln, die aber gerade Mittagspause hatten. So erhob sich ein Sturm, der die Bäume entwurzelte und Kameras und Scheinwerfer durch die Luft wirbelte. Die Menschen ergriffen in wilder Panik die Flucht. Nur Toplitz stand hochaufgerichtet am Gipfel des Berges Sinai. Allein mit Gott.
Keine Fernsehstation kaufte die Serie ein – Miller & Peabody machten Pleite.

Was wieder einmal beweist, daß man GOTT nicht spotten soll.

Wer heute der Welt die Wahrheit sagen will, muß ihr etwas vorlügen. Glauben Sie mir, liebe Leserinnen und Leser, wir alle lügen, und wenn einer behauptet, daß er nicht *lügt, dann lügt er bereits. Ich frage mich nur, warum? Warum lügen wir? Geht es nicht auch mit der Wahrheit? Doch:*

Es geht auch mit der Wahrheit

Die folgende Geschichte hört sich an, als ob sie in Amerika spielen würde, aber sie spielt in England, und zwar in der Grafschaft Sussex. Ich habe sie aus der Zeitung. Allerdings nur den Schluß, den Anfang mußte ich dazurecherchieren.

Kennen Sie Sussex? Ich kenne es nicht, ich habe es aus dem Lexikon. Sussex ist eine südostenglische Grafschaft, gegliedert in die beiden Teile West-Sussex und Ost-Sussex. Die Hauptstadt von West-Sussex ist Chichester. Kennen Sie Chichester? Ich kenne es nicht. Ich habe auch das aus dem Lexikon.

Alle Wege führen nach Rom, viele Wege führen nach Chichester. Auf einem dieser Wege kommt man durch den Ort Dottleham. Dottleham ist ein *kleiner* Ort. Dottleham ist ein *sehr* kleiner Ort. Dottleham ist so klein, daß im Telefonbuch nur die Vornamen stehen. Die Tageszeitung erscheint wöchentlich, beschränkt sich auf Lokales und weiß so viel zu berichten, daß sich das Kreuzworträtsel auf der Titelseite befindet.

Dottleham hat auch ein Hotel, welches den Namen »Grandhotel« führt. Sieht man es nur von außen, muß man annehmen, daß es im Innern schmutzig ist – sieht man es von innen, merkt man, daß die Annahme richtig war. Die Preise? Ein Zimmer mit fließendem Wasser kostet umgerechnet hundert Schilling pro Nacht, legt man Wert darauf, daß das Wasser durch die Leitung fließt, kostet es zweihundert. Ob es billiger ist, wenn man eine Woche bleibt, kann niemand sagen, weil noch niemand eine Woche geblieben ist. Zimmer mit Bad gibt es nicht, wohl aber Zimmer mit

Dusche. Will man sich duschen und wartet man auf das heiße Wasser, kommt es nicht. Beschwert man sich deshalb und führt man an, daß im Prospekt kaltes und warmes Wasser versprochen wird, heißt es: »Das stimmt auch. Kaltes im Winter und warmes im Sommer.«

Das Grandhotel hat auch Stammgäste, die man teils im Bett, teils an den Wänden findet. Als George Bernard Shaw einmal gezwungenermaßen in besagtem Grandhotel übernachtete und gebeten wurde, etwas in das Gästebuch zu schreiben, schrieb er »Veni, vidi, wanzi«, während Oscar Wilde bei einer ähnlichen Gelegenheit schrieb: »Ich bin das Beste vom Besten gewöhnt – die Abwechslung hat mir gutgetan.« (Beides stimmt nicht, aber in einer Geschichte, die in England spielt, ist es immer gut, Georges Bernard Shaw und Oscar Wilde zu erwähnen. Es wirkt echter.)

Das Beste an dem Hotel war immer schon das große Werbeschild, das seit Jahrzehnten auf zwei hohen Pflöcken am Straßenrand steht und auf dem zu lesen ist: »Erstklassiger Service, kein Straßenlärm, schön eingerichtete Zimmer, Frühstück mit Speck und Eiern, wohlschmeckende Cornflakes.«

Jeff Potter war der Gründer des Hotels. Es war vor hundert Jahren. Anfangs kamen wohl Gäste, hauptsächlich Reisende, die nach Chichester fuhren und die über Nacht blieben, aber keiner kam ein zweites Mal. Jeff trank Whisky, er kümmerte sich nicht um das Haus, das Haus verrottete, der Whisky tröstete ihn. Am Sterbelager mußte ihm sein Sohn Billy feierlich schwören, daß er niemals Whisky oder Cognac trin-

ken werde. Jimmy schwor und trank Schnaps. Er kümmerte sich nicht um das Haus, das Haus verrottete mehr und mehr, der Schnaps tröstete ihn. Am Sterbelager mußte ihm sein Sohn Charly schwören, daß er weder Whisky noch Cognac noch Schnaps trinken werde. Charly schwor, und er hielt seinen Schwur. Er trank weder Whisky noch Cognac noch Schnaps. Er wollte das Haus retten. Vor allem fragte er sich: Warum immer nur lügen? Es muß doch auch mit der Wahrheit gehen. Und es ging mit der Wahrheit. Er ließ das Werbeschild, das am Rande der Straße stand, übermalen. Nun heißt es:
Lausiger Service, großer Straßenlärm, schmutzige Zimmer, Frühstück mit alten Eiern und verbranntem Speck, eingeweichte Cornflakes – und das Hotel ist voll.

Die Menschen sind unergründlich. Erzählt man ihnen eine Lüge, glauben sie daran – sagt man ihnen die Wahrheit, glauben sie, daß man sie belügt.

Zu einem gesunden Leben gehört ein gesunder Körper, daher eine gesunde Lebensweise, eine gesunde Kost und – Isometrik. Ich habe mich nie mit Isometrik befaßt, ich habe nur einmal in einer Illustrierten gelesen, daß die Isometrik unter anderen Muskeln auch die Rücken- und Halsmuskeln strafft, wodurch man den Rücken gerade- und den Kopf hochhält. Womit nicht gesagt sein soll, daß jeder, der den Kopf hochhält, Isometrik betreibt. Mit dem Kopfhochhalten ist es eine eigene Sache. Wenn die Königin von England den Kopf hochhält, ist das majestätisch – wenn ich *den Kopf hochhalte, falle ich über die Treppe. Sollten Sie mich aber in nächster Zeit mit hochgehaltenem Kopf sehen, dann wissen Sie:*

Ich betreibe Isometrik

Meine Frau telefonierte: »Ach, nein!« hörte ich sie bedauernd ausrufen und »Zu dumm!« und »Das ist aber schade!« und »Fein! Uns macht das gar nichts!« und »Gut, dann bis später!« Sie legte den Hörer auf. Ich war im Nebenzimmer. Mit wem konnte sie gesprochen haben? Wir erwarteten ein befreundetes Künstlerehepaar zum Abendessen: Peter und Sabine. Ich folgerte schluß: Um neunzehn Uhr waren wir verabredet. Sollten sie angerufen und gesagt haben, daß sie bereits fertig wären und früher kommen könnten, hätte meine Frau weder »Ach, nein« noch »Zu dumm« noch »Das ist aber schade!« gesagt. Hätten sie gesagt, daß sie überhaupt nicht kommen würden, hätte sie nicht »Uns macht das gar nichts« gesagt und auch nicht »Gut! Dann bis später!« Sie hatten also gesagt, daß sie später kommen würden.
Meine Frau trat ein. »Denke dir«, sagte sie, »Peter hat angerufen. Im Theater wurde plötzlich die Vorstellung abgeändert, beide müssen heute abends auftreten, weil der ›große Gast‹ heiser geworden ist. Als ob der nicht immer heiser wäre. Sie überließen es mir, unser Abendessen auf zehn Uhr oder auf einen anderen Tag zu verschieben. Ich habe natürlich zehn Uhr gesagt. Ich habe doch alles vorbereitet.« Ich hatte also recht gehabt, sie kamen später.
»Zehn Uhr?« stellte ich mich erschrocken. »So spät? Was machen wir bis dahin?« Was *ich* machen werde, wußte ich genau. Ich werde fernsehen. Ich hatte sowieso schon befürchtet, die siebente Folge des Krimis zu versäumen, der als Wiederholung der Wiederholung im Vorabendprogramm lief, nachdem er schon

dreimal im Abendprogramm wiederholt worden war. Zweimal angeblich auf besonderen Wunsch des Publikums und einmal, weil bedauerlicherweise einer der Hauptdarsteller gestorben war, wie ja der Tod überhaupt einer der verläßlichsten Mitarbeiter der Fernsehanstalten ist. Er gibt ihnen immer Gelegenheit, die eine oder andere Sendung zu wiederholen. Ich sehe bereits den Tag kommen, an dem eine unserer Sprecherinnen sagen wird: »Und nun eine Mitteilung: In einem unserer Büros wurde heute früh eine tote Biene gefunden. Aus diesem Anlaß ändern wir unser Programm ab und bringen die ersten zweiundfünfzig Folgen der ›Biene Maja‹, diesmal im Abendprogramm.«
»Das weiß ich auch nicht«, beantwortete meine Frau eben meine Frage: Was machen wir bis dahin? »Der Braten wird auch nicht besser, wenn er drei Stunden steht. Ich werde ihn einfrieren und werde Wiener Schnitzel machen. Es ist nicht besonders originell, aber das müssen sie verstehen.«
Meine arme Frau! So geplagt hatte sie sich mit dem Bœuf braisé à la crème. Macht nichts. Wir werden es eben morgen unter seinem richtigen Namen essen: Rindsbraten mit Rahmsauce.
»Ich«, sagte ich und versuchte mißmutig auszusehen, »werde mir halt den blöden Krimi anschauen.« Und schwupps, hatte ich den Apparat aufgedreht.
»Du wirst jetzt nicht fernsehen«, sagte meine Frau und drehte ihn wieder ab.
»Warum nicht?« fragte ich und drehte ihn wieder auf.
»Weil du einschläfst«, antwortete meine Frau und drehte ihn wieder ab.

»Ich?« Auf.
»Du!« Ab.
»Bei einem Krimi?« Auf.
»Bei jedem Programm, daß du dir am späten Nachmittag anschaust. Das scheint dein absoluter Tiefpunkt zu sein.« Ab.
Sie hatte recht. Um diese Zeit werde ich immer müde, wache aber später wieder auf. »Mag sein«, sagte ich, »ich muß aber die Zeit bis zehn überbrücken.« Ich drehte den Apparat wieder auf.
»Du solltest einen Isometrikkurs besuchen«, meinte meine Frau.
»*Wen* sollte ich besuchen?« fragte ich mit Blick auf den Bildschirm. Dort saßen die drei Dealer, die ich ja schon kannte, im Büro eines Nachtlokals beisammen, das als Tarnung diente und von wo aus ihre Verbrechen geleitet wurden.
»Einen Isometrikkurs«, beantwortete meine Frau meine Frage.
»Das wird schwierig sein«? sagte eben einer der Dealer.
»Überhaupt nicht«, entgegnete meine Frau, obwohl nicht ich, sondern der Dealer gesprochen hatte. »Da gibt es sogar gewisse Übungen, die das Einschlafen vor dem Bildschirm verhindern.«
»Haha«, lachte der zweite Dealer.
»Ich werde dir einige zeigen«, sagte meine Frau, die schon seit einiger Zeit an einem Isometrikkurs teilnahm. »Jede Übung dauert bloß ein paar Sekunden. Steh auf!«
»Ich möchte doch fernsehen«, sagte ich weinerlich.

»Das sollst du ja. Du sollst nur dabei nicht einschlafen. Du machst jede Übung, die du machst, mit Blick auf den Bildschirm. Los! Setz dich!« Ich war eben aufgestanden. »Pack den Stuhlsitz seitlich mit beiden Händen, als ob du ihn aufheben wolltest, während du drauf sitzt.« Das war nun gar nicht leicht. Etwas aufheben wollen, während man drauf sitzt? Ich bemühte mich.

»So ein Trottel«, sagte der dritte Dealer, »aber es geschieht ihm recht.«

»Zieh die Bauchmuskeln ein!« sagte meine Frau. »Schau auf den Bildschirm! Du sollst fernsehen, aber nicht einschlafen! Entspanne dich! Stoß einen Schrei aus, aber stumm!« Einen Schrei, aber stumm? Wie macht man das? »Laß die Muskeln arbeiten! So, als ob du einen Schrei ausstoßen *würdest!* Los!«

Ich zog mein Gesicht zu einem stummen Schrei zusammen. Ich muß schrecklich ausgesehen haben, weil nicht nur meine Frau, sondern auch die drei Dealer erschrocken zurückwichen. Es war aber, wie ich jetzt sah, nicht meinetwegen. Die Bullen waren unten in das Lokal gekommen, was die drei auf einem Monitor beobachten konnten.

»Jetzt mach' dein Gesicht klein, so klein du kannst!« kommandierte meine Frau. Ich zog mein Gesicht ganz klein zusammen. »Noch kleiner! Nicht so! Du siehst ja aus wie eine vertrocknete Kartoffel! *So* mußt du es machen!« Sie machte es mir vor. Ich wollte sie nicht beleidigen, aber sie sah auch nicht anders aus. »Schau auf den Bildschirm!« schrie sie. »Du sollst fernsehen, aber ohne einzuschlafen!« Ich schaute auf

den Bildschirm, aber ich konnte nichts sehen, weil ich mein Gesicht so zusammengezogen hatte, daß die Unterlippe über den Augen lag. »Entspannen!« Jetzt sah ich wieder. Das Bild hatte gewechselt. Der Kommissar war mit seinem Assistenten eingetreten. »Jetzt trittst du auf der Stelle, schnell und immer schneller, und zwar so, daß deine Knie bis zur Brust gezogen werden. Eins, zwei, eins zwei!« Meine Frau zählte immer schneller. »Schau auf den Bildschirm!« brüllte sie. »Lauf!«
»Bleiben Sie stehen!« schrie der Kommissar, aber er hatte nicht mich gemeint, sondern den Barmixer, der das Lokal verlassen wollte.
»Jetzt kommen die Arme dran!« sagte meine Frau. »Stemm' dich mit der rechten Hand gegen eine Mauer oder gegen sonst etwas, das nicht umfällt!« Ich stemmte mich gegen den Bücherschrank, der unserem Zimmer als halbe Trennungswand dient. Er *fiel* um. Hunderte Bücher kollerten auf den Boden. Ich wollte sie aufheben.
»Liegenlassen!« donnerte der Kommissar, aber er hatte wieder nicht mich gemeint, sondern den Mixer, der versucht hatte, nach einer Pistole zu greifen, die auf der Theke lag.
»Laß jetzt die Bücher«, sagte meine Frau ungehalten. »Ich werde dir später helfen. Leg' dich auf den Rükken.« Ich legte mich auf den Rücken. »Durch diese Übung werden deine inneren Organe am richtigen Platz gehalten.« Ich erschrak. Ich hatte nie gewußt, daß ohne diese Übung meine inneren Organe durcheinandergepurzelt wären. »Nimm ein Buch, halte es

mit beiden Händen hinter deinen Kopf und versuche, dich mit Blick auf den Bildschirm aufzusetzen.« An Büchern hatte ich rund um mich keinen Mangel. Ich hob eines auf, hielt es mit beiden Händen hinter meinen Kopf, versuchte, mich mit Blick auf den Bildschirm aufzusetzen – es war nicht möglich. »Los!« sagte meine Frau streng. »Mit mehr Kraft! Du mußt deine ganze Energie einsetzen!« Ich setzte meine ganze Energie ein – ich konnte nicht aufstehen. Mehr Energie hatte ich nicht. Meine Frau resignierte. »Steh auf«, sagte sie seufzend.

»Bleiben Sie liegen!« schrie der Kommissar. Ich war bereits im Aufstehen, legte mich aber schnell wieder hin. Er hatte aber wieder nicht mich gemeint, sondern einen der Gäste, der sich beim Eintritt des Kommissars wie ein Betrunkener auf den Boden geworfen hatte und der jetzt flüchten wollte.

»Ich kann nicht mehr«, stöhnte ich, »ich muß mich hinsetzen.«

Ich setzte mich in meinen Fernsehfauteuil. Was weiter geschah, weiß ich nicht, bis ich plötzlich einen Stoß bekam. Er war von meiner Frau. »Reiß dich zusammen«, flüsterte sie. »Peter und Sabine sind schon im Vorzimmer.« Ich hatte drei Stunden geschlafen.

Peter und Sabine traten ein und begrüßten mich. »Ich hoffe, ihr habt euch nicht gelangweilt«, hauchte Sabine charmant.

»Überhaupt nicht«, versicherte meine Frau. »Ich habe mich um das Essen gekümmert.«

»Und du?« fragte mich Peter.

»Ich«, antwortete ich verschlafen und zeigte auf die

ungefähr zweihundert Bücher, die am Boden lagen, »ich habe gelesen.«

Es gibt nichts Besseres als die Isometrik. Wenn Sie bei Nacht nicht schlafen können, machen Sie die Übungen »Gegen das Einschlafen vor dem Bildschirm«, und die Augen fallen Ihnen zu.

Ein deutsches Sprichwort sagt: »Besser stumm als dumm.« Ich finde das nicht richtig. Ich würde sagen: »Besser dumm als stumm«, weil, auch das sagt ein deutsches Sprichwort, eine rechte Dummheit immer noch mehr wert ist als eine falsche Weisheit. Gäbe es nur weise Menschen, würden sie die Welt in ein Chaos stürzen. Einer würde dem andern widersprechen, würde sich ihm widersetzen, seine Thesen widerlegen. Da bleibe ich schon lieber bei der Dummheit. Damit Sie, liebe Leserinnen und Leser, mir das auch glauben, lesen Sie bitte die folgende Szene:

Das Traumschiff

(Szene: Unser kleines Kaffeehaus – handelnde Personen: Herr Rott, Herr Jorisch und der Ober Josef)

Rott: (sitzt am Tisch und ruft ungehalten) Josef! – Josef!

Josef: (kommt) Sie wünschen, Herr Rott?

Rott: Bringen Sie mir einen Bogen Papier. Einen Kugelschreiber habe ich.

Josef: Wollen Sie einen Brief schreiben?

Rott: Nein.

Josef: Was denn wollen Sie?

Rott: Mein Testament will ich machen.

Josef: Testament?

Rott: Ja. Ich will den Kaffee, den ich bei Ihnen bestellt habe, meinen Erben hinterlassen. Zu Lebzeiten kriege ich ihn ja doch nicht mehr.

Josef: Entschuldigen, Herr Rott. Auf den habe ich vergessen.

Rott: Sie vergessen auf alles. Einmal werden Sie vergessen zu atmen und werden ersticken.

Josef: Ich kann nichts dafür. Der Herr Ebner hat mir so interessant von seiner Scheidung erzählt.

Rott: Der Ebner hat sich scheiden lassen? Warum?

Josef: Weil er verheiratet war.

Rott: Das ist kein Grund. Schauen Sie *meine* Ehe an. Meine Frau und ich sind eins.

Josef: Der Herr Ebner und seine Frau waren aber zehn.

Rott: Wieso?

Josef: Sie war die Eins, und er war die Null. Und jetzt muß er ihr ein Drittel seines Gehaltes an Alimenten zahlen.

Rott: Ich sage ja immer, daß es billiger käme, wenn man die zweite Frau zuerst heiratet.

Jorisch: (kommt von der Straße) Guten Morgen!

Josef: (überrascht) Guten Morgen, Herr Jorisch!

Rott: (ebenso) Guten Morgen, Herr Jorisch! (während Jorisch sich zu ihm setzt) Sie waren lange nicht hier. Wo stecken Sie immer?

Jorisch: In Schulden.

Rott: Sie?

Jorisch: Leider. Wie ich mein Geschäft aufgemacht habe, habe ich doch nichts gehabt außer meiner Intelligenz.

Rott: Da haben Sie schon sehr klein angefangen.

Jorisch: Ja. Ich mußte also einen hohen Kredit aufnehmen, den ich jetzt abzahlen muß.

Rott: Das kann doch bei Ihrem Geschäft keine Kunst sein. Das ist doch ein Mußgeschäft. An Ihrem Laden gehen doch täglich Tausende Menschen vorüber.

Jorisch: Das stimmt, aber es kommt keiner herein.

Josef: Verzeihen Sie, Herr Jorisch, wenn ich als Ober etwas dreinrede, aber meiner Meinung nach sind Sie zu teuer. Ich habe neulich bei Ihnen für meine Frau zum Geburtstag eine Nylonweste gekauft – die hat dreihundert Schilling gekostet. Bei der Konkurrenz, ein paar Häuser weiter, verkaufen sie sie um zweihundert Schilling.

Jorisch: Warum haben Sie sie dann nicht bei der Konkurrenz gekauft?

Josef: Weil die keine gehabt haben.

Jorisch: Wenn *ich* keine habe, verkaufe ich sie um *hundert* Schilling.

Josef: Was darf ich bringen, Herr Jorisch?

Jorisch: Lassen Sie mich überlegen, ich bin zur Zeit, was Essen anbelangt, etwas verwöhnt. Bringen Sie mir einen Kaffee und einen Mokkakrapfen.

Josef: Mokkakrapfen haben wir heute keine – nur Kaffeekrapfen, aber das ist dasselbe. Einen Tag verkaufen wir sie als Mokkakrapfen und am andern Tag als Kaffeekrapfen. Als Kaffeekrapfen sind sie sogar besser.

Jorisch: Dann bringen Sie mir einen Kaffee mit einem Kaffekrapfen.

Josef: Bitte, Herr Jorisch. (Er geht ab)

Rott: Verzeihen Sie, Herr Jorisch, aber Sie waren jetzt ungefähr drei Wochen nicht hier, und jetzt sagen Sie, daß Sie zur Zeit, was das Essen anbelangt, etwas verwöhnt sind. Wo waren Sie denn?

Jorisch: Wissen Sie das nicht? Meine Frau und ich haben eine Schiffsreise gemacht.

Rott: Eine Schiffsreise? Wo Sie selbst sagen, daß Ihr Geschäft so schlecht geht?

Jorisch: Das hat nichts mit meinem Geschäft zu tun. *Ich* habe die Reise nicht bezahlt.

Rott: Wer denn?

Jorisch: Sie wissen doch, daß ich mich an allen Preisausschreiben beteilige, die es gibt. Vor einigen Jahren habe ich Seifenkupons gesammelt, von denen jeder mit einer anderen Nummer versehen war. Einer dieser Kupons wurde gezogen, und ich habe eine Vierzimmerwohnung gewonnen, von der *ein* Zimmer vollständig eingerichtet war.

Rott: Und die anderen drei Zimmer?

Jorisch: Die sind voll mit Seife. Dann habe ich mich bei einigen kleineren Preisausschreiben beteiligt, zum Beispiel bei einer Uhrenfirma.

Rott: Da haben Sie eine Uhr gewonnen.

Jorisch: Ja. Ein Schweizer Fabrikat. Die kann man ins Wasser legen, ins Feuer legen, fallenlassen, mit einem Hammer draufschlagen –

Rott: Und sie geht?

Jorisch: Gehen tut sie nicht.

Rott: (gereizt) Sie fangen schon wieder an, mich nervös zu machen. Aber erzählen Sie weiter. Was haben Sie noch gewonnen?

Jorisch: Zehn große Kartons mit Hühneraugenpflaster.

Rott: Haben Sie Hühneraugen?

Jorisch: Nein.

Rott: Was haben Sie mit den Pflastern gemacht?

Jorisch: Meiner Schwiegermutter habe ich sie zu Weihnachten geschenkt.

Rott: Ihre Schwiegermutter hat also Hühneraugen?

Jorisch: Damals hat sie noch keine gehabt. Ich habe ihr ein Paar enge Schuhe dazugeschenkt.

Rott: Sie sind mir ein feiner Schwiegersohn.

Jorisch: Das sagt meine Schwiegermutter auch. Das heißt, das *hat* sie gesagt. Jetzt sehe ich sie ja nicht mehr. Ich habe mit ihr gestritten und habe ihr die Wohnung verboten. Sie kommt aber heimlich, wenn ich nicht zu Hause bin.

Rott: Wieso wissen Sie das?

Jorisch: Weil mein Bild neben der Couch immer angespuckt ist. Sie kennen ja diese Frau nicht. Sie war wie eine Zeitung.

Rott: Wieso?

Jorisch: Sie ist täglich erschienen.

Rott: Das ist ein alter Witz.

Jorisch: Es ist ja auch eine alte Schwiegermutter. Einmal ist sie ins Zimmer gekommen und hat gehört, wie ich eben gesagt habe, daß sie bissig ist.

Rott: Ist sie wirklich bissig?

Jorisch: Bissig ist kein Ausdruck. Kennen Sie die Nibelungensage?

Rott: Ja.

Jorisch: Der Lindwurm ist gegen sie eine Seidenraupe.

Rott: Lassen wir Ihre Schwiegermutter. Erzählen Sie mir lieber, wie Sie zu der Schiffsreise gekommen sind.

Jorisch: Das werde ich Ihnen gleich berichten. Sie wissen doch, daß ich mich bei allen möglichen Preisausschreiben beteilige.

Rott: (gereizt) Das haben Sie mir schon gesagt.

Jorisch: Vor einigen Jahren habe ich Seifenkupons gesammelt.

Rott: (noch gereizter) Das haben Sie mir auch schon gesagt.

Jorisch: Da habe ich eine Vierzimmerwohnung gewonnen.

Rott: (sehr gereizt) Das haben Sie mir alles schon gesagt!!! Ich möchte wissen, wie Sie zu der Schiffsreise gekommen sind!

Jorisch: Ich habe es nur kapituliert.

Rott: (wütend) Re!

Jorisch: Re?

Rott: Rekapituliert! So heißt das!

Jorisch: Rekapituliert, so wie sie es im Fernsehen bei den Serien machen, damit man sich wieder auskennt.

Rott: Ich kenne mich auch aus, wenn Sie es nicht rekapitulieren!

Jorisch: Dann ist es gut. Da hat also das Uriel-Waschpulver ein Preisausschreiben gemacht. Da stand: »Uriel Waschpulver ist das – ein Punkt – und .este!« Statt diesem Punkt mußte man einen Buchstaben hinschreiben. Ich habe den ganzen Tag nachgedacht –

Rott: Darüber mußten Sie nachdenken?

Jorisch: Ja. Welcher Buchstabe hingehört. Feste, Weste, Teste – nichts hat gepaßt. Mitten in der Nacht ist es mir endlich eingefallen: es war das B! »Uriel-Waschpulver ist das beste!«

Rott: (ironisch) Erstaunlich, wie Sie das gefunden haben. Dafür haben Sie die Schiffsreise bekommen?

Jorisch: Dafür nicht. Ich mußte den Satz auf eine Karte schreiben, mußte sie refrankieren –

Rott: *Was* mußten Sie?

Jorisch: Die Karte refrankieren. Eine Marke draufkleben.

Rott: Das heißt doch *frankieren.*

Jorisch: Sie haben gesagt »re«.

Rott: (wütend) *Rekapitulieren!* Das ist doch ein ganz anderes Wort!

Jorisch: Wie Sie meinen. Ich mußte sie also frankieren – readressieren –

Rott: (außer sich) *Adressieren!* Ohne »re«!

Jorisch: Adressieren. Die Firma hat anfangs nicht agiert –

Rott: (schreit) *Reagiert! Mit* »re«!!!

Jorisch: (verliert ebenfalls die Ruhe) Einmal *mit* »re«, einmal *ohne* »re«! Sie sind sehr wankelmütig, Herr Rott!

Rott: (hält sich zurück) Fordern Sie mich nicht heraus, und erzählen Sie weiter.

Jorisch: Plötzlich bekomme ich eine Verständigung, daß ich den zweiten Preis gewonnen habe: eine Fahrt mit dem Traumschiff!

Rott: Was war der erste Preis?

Jorisch: Eine Operation in der Schwarzwaldklinik.

Rott: Was für eine Reise haben Sie gemacht?

Jorisch: Eine Nordlandreise. Ich bin mit meiner Frau von Bremen zum Nordkap gefahren.

Rott: Herrlich! Da beneide ich Sie! Die Fjorde! Das Meer! Das muß doch interessant sein!

Jorisch: Die Fjorde schon. Das Meer nicht.

Rott: Wieso nicht?

Jorisch: Viel Wasser. Dabei sieht man immer nur das oberste. Außerdem ist das Meer wie ein kleines Kind. Wo man es anfaßt, wird man naß.

Rott: Haben Sie auch Lappen gesehen?

Jorisch: Putzlappen?

Rott: (gereizt) Lappen! Das ist eine Menschenrasse! Eine Art Eskimos.

Jorisch: Habe ich gesehen. Auf dem Schiff waren einige von ihnen.

Rott: Wie haben Sie sie gefunden?

Jorisch: Läppisch.

Rott: Ich glaube, Sie haben sich nur für das Essen interessiert.

Jorisch: Das stimmt. Nicht nur, daß es gut war – man konnte essen, was und soviel man wollte. Schon zum Frühstück. Einmal ist der Dings gekommen – der Maria –

Rott: Maria?

Jorisch: Stuart. Der Kellner. Ohne »Maria« merke ich mir das nicht.

Rott: Das ist doch ein ganz anderer Begriff! Maria Stuart war eine englische Königin und wird »Stuart« geschrieben – und der Kellner ist ein Kellner und wird »Steward« geschrieben.

Jorisch: Aber »Stuart« wird er ausgesprochen. Eines

Tages ist er also gekommen und hat mich gefragt, ob ich eine Vorspeise will, er empfiehlt mir »Asperge en branche«.

Rott: Das sind Spargel.

Jorisch: Sehen Sie? Sie wissen es. Ich habe es nicht gewußt. Er – der Stuart – hat mir auch gesagt: »Das sind Spargel. Im Französischen werden sie durch die Nase gezogen.«

Rott: Haben Sie welche bestellt?

Jorisch: Ja. Ich habe gesagt: »Bringen Sie mir eine Portion asperge en branche, aber dünne, damit sie durchgehen.«

Rott: (kopfschüttelnd) Es ist nicht zu glauben.

Jorisch: Was ist nicht zu glauben?

Rott: Wie ein Wesen, das immerhin ausschaut wie ein Mensch, so dumm sein kann. Was haben Sie auf dem Schiff getrunken?

Jorisch: Am Anfang Mineralwasser, dann, wie ich gehört habe, daß alles gratis ist, Sekt. Morgens Sekt, mittags Sekt, abends Sekt. Ich war das natürlich nicht gewohnt, ich bin ja Antialkoholiker. Meine Eltern haben mir nie Alkohol gegeben, weil sie gesagt haben, das macht ein Kind dumm.

Rott: Wer *hat* Ihnen dann welchen gegeben?

Jorisch: Niemand.

Rott: Da sind Sie also naturblöd?

Jorisch: Ja. Der Sekt hat mich natürlich in sie hineinversetzt – in die gute Stimmung –, und ich habe angefangen, mit der Sängerin zu kokettieren.

Rott: Eine Sängerin war auch auf dem Schiff.

Jorisch: Ja. Sie hat Konzerte gegeben, dafür hat sie die Reise bekommen und eine kleine Gage.

Rott: War sie eine gute Sängerin?

Jorisch: Nein. Nur eine gute Vierzigerin. Aber eines war sie: Sie war rassig. Sie hatte lange, schwarze Haare –

Rott: Schön!

Jorisch: Aber sie hat immer lange Handschuhe getragen, damit man sie nicht sieht.

Rott: Auf den Armen hat sie die Haare gehabt?

Jorisch: Ja.

Rott: Die hat also mit Ihnen kokettiert.

Jorisch: Zuerst. Dann haben wir miteinander gesprochen – und dann – wie soll ich Ihnen das erklären, Herr Rott – es war eine Zeit der jungen Liebe.

Rott: Und Ihre Frau? Hat die immer geschlafen?

Jorisch: Nicht immer. Wenn sie nicht geschlafen hat, war ihr schlecht.

Rott: Und Sie haben mit der Sängerin getechtelt und gemechtelt.

Jorisch: Ja. Aber unser Glück war nicht immer ungetrübt. Oft habe ich mich geärgert über sie. Einmal zum Beispiel hat sie mich gefragt, ob ich tanze.

Rott: Da ist doch nichts dabei?

Jorisch: Wir *haben* aber getanzt. Aber auf ihre Stimme hat sie nichts kommen lassen. Sie hat immer gesagt, sie hat Gold in der Kehle.

Rott: Hätte sie das nicht gehabt, hätte sie vielleicht singen können.

Jorisch: Vielleicht. Einmal hat sie gesungen: »Ich wollt', ich wär' ein Vöglein«, da hat ein Hobbyjäger neben mir gesagt: »Ich wollt', ich hätt' ein Gewehr!« Aber sie hat sich für eine zweite Dallas gehalten.

Rott: Callas?

Jorisch: Bitte?

Rott: Callas hieß die berühmte Sängerin. Sie ist schon gestorben.

Jorisch: Meine lebt leider noch. Sie bombardiert mich mit Briefen – ich weiß schon nicht mehr, wie ich sie vor meiner Frau verstekken soll. Während sie beim Fernsehen sitzt – bei »Callas« –

Rott: Dallas.

Jorisch: Grad haben Sie gesagt Callas.

Rott: Callas hieß die Sängerin, und Dallas heißt die Stadt!

Jorisch: Und die Sendereihe?

Rott: Auch Dallas!

Jorisch: Die findet meine Frau so spannend. Während sie also bei »Dallas« sitzt, kann ich die Briefe beantworten.

Rott: Und sonst haben Sie während der Reise nichts erlebt?

Jorisch: Doch. Das hätte leicht schiefgehen können. Eines Abends war Alarm ... die Sirene hat geheult ... die Passagiere haben die Schwimmwesten angezogen und sind auf

Deck gestürzt ... die Sirene hat noch immer geheult ... es war nebelig, ein Schiff ist auf uns zugekommen, und der Kapitän hat es nicht gesehen ... meine Frau und ich sind in der Kabine sitzen geblieben ... die Sirene hat geheult und geheult ...

Rott: Wenn die Sirene geheult und geheult hat, warum sind Sie dann in der Kabine sitzen geblieben?

Jorisch: Wir haben geglaubt, es ist die Sängerin.

Josef: (kommt mit dem Kaffee) Bitte, meine Herren! Zwei Tassen Kaffee.

Rott: Das soll ein Kaffee sein? Schauen Sie sich diese Farbe an! So einen Kaffee würde man auf dem Schiff, mit dem der Herr Jorisch gefahren ist, ins Meer schütten! Habe ich recht, Herr Jorisch?

Jorisch: Nein.

Rott: Was heißt nein?

Jorisch: Nein heißt, daß ich nicht glaube, daß man diesen Kaffee ins Meer schütten würde.

Rott: Und warum nicht?

Jorisch: Wegen der Wasserverschmutzung.

Der Intelligenzgrad der beiden Herren, von denen Sie eben gelesen haben, bewegt sich auf derselben Ebene, weshalb sie so oft zusammenstoßen. Läge der des Herrn Rott so hoch, wie er glaubt, wäre es anders.

Wie sagt Jonathan Stöbsel: Das Angenehme beim Fliegen ist, daß die Gefahr, mit Unterseebooten zusammenzustoßen, kaum besteht.

Norman Douglas sagte: »Ein kluger Mann weiß mit der Lüge umzugehen – ein dummer sollte lieber bei der Wahrheit bleiben.«
In der Politik gehört die Lüge zur Rede des Politikers wie das Haupt- oder das Zeitwort, wie der Satzgegenstand oder die Satzaussage.
Meine Geschichte handelt nicht von Politik. Es ist

Eine Geschichte in Briefen

Vor einiger Zeit landete folgender Brief auf meinem Schreibtisch:

Sehr geehrter Herr Wiener!
Obwohl Sie mich nicht kennen, wage ich es, mit einer Bitte an Sie heranzutreten. Mein Name ist Hans-Dieter Rosenkohl, ich bin Sammler von Künstlerfotos und den dazugehörigen Biographien. Ich bin Pensionist, meine Sammlung besteht bereits aus 28 000 Stück und was mein Werk so interessant macht, ist der Umstand, daß ich weder Prominente oder gar Topstars sammle, sondern nur unbekannt gebliebene Künstler, die vielleicht bei ihrem ersten Engagement an irgendeinem kleinen Provinztheater dortselbst hängengeblieben sind oder aus anderen Gründen den Weg zum Ruhm nicht gefunden haben. Eine eigene Sparte meiner Sammlung gilt den Chorsängern und -sängerinnen. Nun habe ich das Foto des Operettenbuffos Stanislaus Swoboda bekommen, geb. 1894. Er kam 1912 an das Stadttheater in Reichenberg, hatte hier einige Erfolge und ist seither verschollen. Vielleicht können Sie mir helfen, biographische Daten über den Künstler zu bekommen.
Mit bestem Dank und freundlichen Grüßen
Hans-Dieter Rosenkohl

Der Mann mußte verrückt sein. Wie sollte *ich* biographische Daten über einen unbekannten Künstler bekommen, der 1912 am Stadttheater in Reichenberg engagiert war und seither verschollen ist? Ich schrieb zurück:

Sehr geehrter Herr Rosenkohl!
Muß Ihnen leider mitteilen, daß ich niemals das Vergnügen hatte, einen Operettenbuffo namens Stanislaus Swoboda zu kennen. Es tut mir leid, Ihnen nicht dienen zu können.

Hugo Wiener

Acht Tage später kam wieder ein Brief.

Sehr geehrter Herr Wiener!
Danke für Ihre freundlichen Zeilen. Es ist mir unverständlich, daß Sie Stanislaus Swoboda nicht kennen, wo Sie doch selbst in jungen Jahren unter dem Namen Juppi Seidl als Operettentenor am Stadttheater in Reichenberg engagiert waren. Vielleicht denken Sie noch einmal nach. Mit freundlichen Grüßen

Hans-Dieter Rosenkohl

Ich faßte mich an den Kopf. Ich war niemals Tenor gewesen, und unter dem Namen Juppi Seidl schon gar nicht. Ich setzte mich hin und schrieb:

Sehr geehrter Herr Rosenkohl!
Jetzt weiß ich, warum Sie in der Angelegenheit Stanislaus Swoboda gerade zu mir gekommen sind. Sie haben mich verwechselt. Ich war weder unter dem Namen Juppi Seidl noch unter irgendeinem anderen Namen Operettentenor am Stadttheater in Reichenberg. Ich war überhaupt nie Operettentenor. Ich bin vollkommen stimmlos. Als ich einmal in der Badewanne sang, stürzte sich unser Kanarienvogel in selbstmör-

derischer Absicht vor die Katze. Ich nehme Ihnen das kleine Mißverständnis nicht übel und bin mit freundlichen Grüßen

Hugo Wiener

Drauf folgte wieder ein Brief.

Sehr geehrter Herr Wiener!
Ich weiß nicht, warum Sie sich schämen, weil Sie einmal Juppi Seidl hießen und Operettentenor waren. Ich habe Ihr Foto vor mir liegen, welches zusammen mit Ihrer Lebensbeschreibung in meiner Sammlung enthalten ist. Sie waren ein blonder Hüne und trugen einen Vollbart, was damals gar nicht modern war. Sie sehen, ich habe Beweise, und Ihr Leugnen hat keinen Zweck. Daß Sie vollkommen stimmlos waren, entnehme ich Ihrer Biographie. Da steht, daß die Presse damals schrieb: »Juppi Seidl legte gestern einen Zigeunerbaron hin, der noch heute dort liegt.« Sollten Sie aber wirklich nichts über Stanislaus Swoboda wissen, dann fragen Sie vielleicht Ihre Frau. In Ihrer Biographie steht ja auch, daß Sie mit der Reichenberger Operettensoubrette Toni Tonetti verheiratet sind. Vielleicht erinnert sich die gnädige Frau an Stanislaus Swoboda. Mit freundlichen Grüßen

Hans-Dieter Rosenkohl

Dieser Rosenkohl wurde mir langsam zuwider. Ich schrieb zurück:

Herr Rosenkohl!
Wenn Sie mir schon nicht glauben, daß ich niemals Operettentenor war, dann glauben Sie mir wenigstens, daß ich niemals ein blonder Hüne gewesen bin und daß ich niemals einen Vollbart getragen habe. Meine Frau hieß auch niemals Toni Tonetti und war niemals in Reichenberg engagiert. Das war's! Und jetzt lassen Sie mich in Frieden!

Hugo Wiener

Und wieder kam ein Brief:

Herr Juppi Seidl!
Ihr rüder Ton gefällt mir gar nicht. Wenn man so viel Dreck am Stecken hat wie Sie – Ihre Biographie beweist es –, sollte man umgänglicher sein. Allein in Reichenberg haben Sie als junger Tenor drei uneheliche Kinder zurückgelassen. Die armen Würmer wissen nicht, wer ihr Vater ist. Sollten Sie mir nicht bald die Biographie von Stanislaus Swoboda besorgen, werde ich es ihnen sagen. »Juppi Seidl ist es!« werde ich sagen. »Juppi Seidl! Juppi Seidl!« Auf Ihre Frau brauchen Sie auch nicht stolz zu sein. In der Klatschspalte derselben Zeitung, in der Ihre Biographie enthalten ist, heißt es, wie Sie ja wissen: »Toni Tonetti, hiesige Soubrette und Gattin des Operettentenors Juppi Seidl, wird in letzter Zeit oft mit dem hiesigen Bürgermeister gesehen. Ein Umstand, dem Herr Seidl seinen zehnjährigen Vertrag an das Stadttheater in Reichenberg zu danken haben soll.« Ich erwarte also umgehend die Biographie von Stanislaus Swoboda.

Hans-Dieter Rosenkohl

Jetzt wußte ich, was ich zu tun hatte. Ich erfand einfach eine Biographie von Stanislaus Swoboda und schickte diese mit folgendem Begleitschreiben an Herrn Rosenkohl.

Sehr geehrter Herr Rosenkohl!
In der Sache Stanislaus Swoboda ist eine entscheidende Wendung eingetreten. Meine Frau, Toni Tonetti, ehemalige Soubrette des Stadttheaters in Reichenberg, entsann sich eines Kollegen, des Bassisten Placido Flamingo, der ebenfalls in Reichenberg engagiert gewesen war. Der alte Herr erinnert sich noch an Stanislaus Swoboda. Nachstehend seine Biographie:
Stanislaus Swoboda wurde 1894 in den Vereinigten Staaten geboren.
Sein Urahne war der Indianerhäuptling Vo bo tà, was in der Comanchensprache soviel wie »Rotes Pferd« heißt, seine Mutter die französische Adelige Marquise de Lamotte, die dem »Roten Pferd« während eines Postkutschenüberfalls in die Hände gefallen war. Die beiden verliebten sich ineinander, sie heirateten, die Marquise schenkte dem Häuptling einen Sohn, der seine indianische Abkunft verleugnete und sich nicht wie sein Urahne Vo bo tà, sondern Swoboda nannte. Er heiratete die Amerikanerin Sonja Menschikoff, die bei seiner Geburt starb. Seine zweite Frau (Name unbekannt), gebar ihm einen Sohn, den sie nach ihrer Großmutter »Stanislaus« nannte.
Stanislaus wurde ein Tunichtgut. Er vermählte sich, kaum achtzehnjährig, mit einer sechsundfünfzigjährigen Apothekerswitwe, räumte ihren Giftschrank

aus und landete in der Drogenszene. Als er erfuhr, daß das FBI seine Spur verfolgte, versteckte er sich als Koch in einem chinesischen Restaurant, dessen Besitzer, ein Chilene, italienische Küche führte. Wegen unsachgemäßer Zubereitung von Spaghettis und Pizzas wurde Swoboda nun auch von der Mafia gejagt. Es gelang ihm, sich nach dem Westen Amerikas durchzuschlagen, wo er als Pferdedieb gehenkt wurde. Anschließend flüchtete er nach Europa.
In Paris gründete er als Guru eine Sekte. Während eines Gottesdienstes entdeckte ihn ein Detektiv von Scotland Yard, der ihn ebenfalls als Gott anzuerkennen schien, weil einige Zeugen hörten, wie er ausrief: »Großer Gott, Swoboda! *Sie* sind das?« Swoboda floh nach Milano, wo der berühmte Dirigent Arturo Toscanini seine Stimme entdeckte. Trotz verführerischer Anträge von den größten Opernhäusern der Welt ging er als Buffo an das Stadttheater nach Reichenberg. Dort raubte er noch einige Banken aus und ist seither verschollen.
Ich hoffe, daß Ihnen diese Daten genügen, und bin mit freundlichen Grüßen

Juppi Seidel

Einige Tage danach kam wieder ein Brief:

Sehr verehrter Herr Wiener!
Vielen Dank für die Biographie von Stanislaus Swoboda. Wie das Leben so spielt, meldete sich am selben Tag ein Enkelsohn Swobodas. Ich habe ihm eine Fotokopie der mir von Ihnen übermittelten Lebensbe-

schreibung seines Großvaters geschickt. Nochmals Dank! Dank! Dank!

Hans-Dieter Rosenkohl

Wieder einige Tage später folgte ein eingeschriebener Brief:

Sie Schwein!
Eben erhalte ich von Herrn Rosenkohl die von Ihnen übersandte Biographie meines Großvaters. Sie ist von Anfang bis Schluß erstunken und erlogen. Mein Großvater kam weder aus den USA noch war er Guru oder Pferdedieb. Er war zwei Jahre bei der Bühne, heiratete in Reichenberg eine gebrauchte Autohändlerin aus Mährisch-Trübau und starb im Alter von sechzig Jahren.
Empört über Ihre falschen Behauptungen, habe ich die Angelegenheit bereits meinem Anwalt übergeben, der zwei Klagen gegen Sie eingebracht hat. Die eine wegen Rufmordes an meinem Großvater Stanislaus Swoboda, die zweite wegen Bezahlung eines Schmerzensgeldes in der Höhe von einer halben Million Schilling an mich, wegen des seelischen Leides, das Sie mir zugefügt haben.

Karel Swoboda

Das hat man davon, wenn man einem Menschen helfen will, seine Sammlung zu vervollständigen.
Übrigens: Der Prozeß läuft noch immer.

Wir heutigen Menschen glauben nicht mehr an den Teufel, weil wir überzeugt sind, daß wir in dieser fortschrittlichen Zeit seine Arbeit selber machen können. Dieser Ausspruch stammt von einem unbekannt gebliebenen Autor. Vielleicht war es der Teufel selbst, der sich in einem Brief an seine Großmutter über uns beschwerte? Denn den Teufel gibt es. Das beweist die folgende Geschichte:

Robinson und der Teufel

Mein Freund und Anwalt Dr. Robinson besitzt, ich glaube, ich habe das schon einmal erwähnt, ein Opernabonnement. Seine Frau Mela war auf Skiurlaub, und so lud er mich ein, mit ihm in die Oper zu gehen. Man gab »Parsifal«. Nun bin ich kein ausgesprochener Wagnerianer, aber *so* kein Wagnerianer wie bei »Parsifal« bin ich ansonsten doch nicht. Auch »Parsifal« hat seine Schönheiten. Was mir an »Parsifal« am besten gefällt ist die große Pause. Wir nützten sie, um ins Buffet zu gehen, nahmen jeder ein Glas Sekt und beobachteten die Leute, die in Gruppen beisammenstanden oder promenierten und die Aufführung besprachen. Dabei geschah es immer wieder, daß mein Freund von Vorübergehenden gegrüßt wurde.

»Guten Abend, Herr Doktor!« »Guten Abend! Auch da?« »Hallo, Dr. Robinson!« »Schönen Abend, Herr Doktor!« usw.

»Du bist aber ganz schön bekannt«, sagte ich bewundernd.

»Leider«, bedauerte Robinson. »Dadurch kann ich mich nirgends zeigen, ohne daß es meine Frau erfährt. Die Leute glauben, sie tun mir einen Gefallen, wenn sie Mela erzählen: Gestern habe ich Ihren Mann dort und dort gesehen.«

»Da ist doch nichts dabei.«

»Es kommt darauf an, was für ein ›dort‹ es ist. Vorige Woche war es ein Motel, in dem ich gesehen wurde.«

»Mit einer Frau?«

»Was denn? Mit einem Zwergdackel?«

»Was hast du gesagt?«

»Die Wahrheit. Ich war so überrascht, als Mela es mir auf den Kopf zu sagte, daß mir nichts Besseres eingefallen ist.«

»Da sieht man, wie ungeschickt du bist. Zugegeben, ich bin Schriftsteller – aber ich hätte sofort eine Antwort bei der Hand gehabt. Ich hätte gesagt, die Dame war eine neue Klientin, die in meiner Kanzlei nicht gesehen werden wollte.«

»Und weshalb habe ich mich überhaupt mit ihr getroffen?«

»Weil sie einen Rat suchte. Sagen wir, in einer Erbschaftsangelegenheit.«

»Den hätte ihr auch ihr Mann geben können. Der ist nämlich ebenfalls Anwalt und hat die Kanzlei mir gegenüber.«

»Peinlich, peinlich«, fand ich. »Was hat Mela gesagt?«

»Zuerst wollte sie sich scheiden lassen, dann hat sie sich wie immer bereit erklärt, gegen einen Pelz Gras über die Sache wachsen zu lassen.«

»Wie das letztemal?«

»Wie jedesmal. Mela hat schon den Schrank voller Pelze. Diesmal stellte sie aber *noch* eine Bedingung: Es mußte ein Zobel sein und vom teuersten Kürschner.«

»Was hast du getan?«

»Gekauft habe ich ihn. Jetzt ist sie, anstatt mit einem Sportpelz, mit dem verdammten Zitronenpelz nach Kitzbühel gefahren.«

»Warum nennst du ihn Zitronenpelz?«

»Weil sie ihn aus mir herausgepreßt hat.«

»Guten Abend, Herr Doktor!« grüßte ein Vorübergehender.

»Guten Abend!« lächelte Robinson ihm zu und brummte: »Schon wieder einer. Es ist ein Fluch, den ich meinem Großvater verdanke.«

»Deinem Großvater?«

»Du kanntest ihn. Als wir zusammen zur Schule gingen, hat er noch gelebt.«

»Und wieso –?«

»Ich werde es dir erzählen. Komm!« Wir nahmen jeder noch ein Glas Sekt mit und setzten uns an ein kleines Tischchen im Buffet der Wiener Staatsoper.

»Mein Großvater«, begann Robinson, »war ebenfalls Anwalt, aber lange nicht so bekannt, wie ich es heute bin. Er aber hatte einen unerhörten Drang nach Ruhm und Ansehen, und eines Nachts, als er schlaflos im Bett lag, sagte er: ›Ich glaube, wenn der Teufel es durchsetzen könnte, mich in der ganzen Welt bekannt zu machen – ich würde ihm meine Seele verschreiben.‹ Im selben Moment donnerte es, und der Teufel stand mitten im Zimmer.«

»Das hat dir dein Großvater erzählt?« fragte ich ungläubig.

»Ja. Hör weiter: Mein Großvater schloß mit dem Teufel einen Pakt auf zehn Jahre. Wenn es dem Teufel gelingt, ihn vom nächsten Tag an so bekannt zu machen, daß ihn alle Leute grüßen, verpflichtet er sich, nach Ablauf der Frist mit ihm zur Hölle zu fahren.«

»Und was war?«

»Wohin immer mein Großvater kam, alle Leute grüßten ihn, und er gab zu, daß er sich in diesem Glanze

sonnte. Aber die zehn Jahre gingen vorüber, und eines Nachts stand der Teufel wieder im Schlafzimmer meines Großvaters. ›Die zehn Jahre sind um‹, grinste er, ›wir fahren zur Hölle!‹ ›Moment!‹ sagte mein Großvater, ›erst mußt du mir beweisen, daß du meine Bedingung, mich in aller Welt bekannt zu machen, erfüllt hast. Bisher haben mich nur die Leute in Wien und in Bad Ischl gegrüßt. Weiter bin ich nie gekommen.‹ Der Teufel schnaubte: ›Man soll sich mit Anwälten nichts anfangen‹, aber er war ein fairer Geschäftsmann. Er nahm die Gestalt eines Menschen an, nahm meinen Großvater in die Arme und flog mit ihm nach Hollywood. Dort setzte er ihn vor einer prachtvollen Villa ab und läutete an der Tür. Ein schwarzer Butler öffnete und rief freudig überrascht aus: ›Mr. Robinson! Da wird sich mein Herr freuen! Sir! Sir!‹ An einem der vielen Fenster erschien Charly Chaplin. ›Robinson!‹ rief er happy. ›Come on! Let's have a drink!‹ Mein Großvater und der Teufel traten ein. ›I'm so glad to see you!‹ empfing Chaplin meinen Großvater. Aus dem einen Drink wurden mehrere, und als die beiden wieder vor dem Tore standen, fragte der Teufel: »Kommst du *jetzt* mit mir?‹ ›Noch nicht‹, sagte mein Großvater. ›Erst möchte ich wissen, ob ich auch in England bekannt bin.‹ Der Teufel warf ihm einen bösen Blick zu, nahm ihn aber wieder in die Arme und flog mit ihm nach London. Vor dem Buckinghampalast landeten sie. Die Wachen wollten sie nicht einlassen, aber da kamen zwei junge Gentlemen aus dem Haus: Ed und Georgie. Ed war der spätere König Edward VII., der aus Liebe zu Lady

Simpson dem Thron entsagte und als Herzog von Windsor mit ihr auf den Bahamas lebte, und Georgie war der spätere König George VI., der Vater der späteren Queen Elizabeth und der Prinzessin Margaret. Sie riefen: ›Daddy! Mammy! Uncle Robinson ist da!‹, und schon eilten George V. und seine Gemahlin aus dem Haus. ›Dear Mr. Robinson!‹ riefen sie. ›Come in! Let's have a cup of tea!‹ Großvater und der Teufel traten ein und tranken Tee mit dem Königspaar. Als sie wieder vor dem Palast standen – nicht ohne das Versprechen gegeben zu haben, bald wiederzukommen –, fragte der Teufel: ›Na? Habe ich dich jetzt überzeugt?‹ ›Ja‹, sagte mein Großvater niedergeschlagen, ›aber ich habe noch eine Bitte: Bring mich noch einmal nach Wien zurück, wenn auch nur für einen Tag.‹ Zuerst war der Teufel unmutig, doch dann sagte er: ›Gut. Aber dann ist es höchste Zeit zur Fahrt in die Hölle.‹

Er flog mit meinem Großvater nach Wien. Es war am 27. Juli 1914, am Vorabend der Kriegserklärung Österreich-Ungarns an Serbien. Kaiser Franz Joseph I. stand auf dem großen Balkon des Schlosses Schönbrunn und nahm die Huldigung Tausender Menschen entgegen, die ihm vom Schloßhof her zujubelten und die immer wieder riefen: ›Serbien muß sterbien!‹ Eine beschwörende Geste des Teufels, und mein Großvater stand unter den vielen Uniformierten und Zivilisten, direkt neben dem Monarchen, auf dem Balkon. ›Ich sehe nicht gut‹, sagte der Teufel zu einem neben ihm stehenden Mann. ›Können Sie mir sagen, wer die beiden Herren auf dem Balkon sind, die ganz vorne stehen?‹ ›Bei dem einen bin ich mir nicht ganz sicher‹, sagte der Mann. ›Ich meine den Offizier mit dem Bakkenbart. Der andere neben ihm ist Dr. Robinson.‹ Da rieb sich der Teufel vergnügt die Hände. ›Jetzt komm!‹ sagte er, als er meinen Großvater wieder zurückgezaubert hatte. ›Du hast gesehen, daß dich alle Menschen kennen. Ich habe meine Pflicht erfüllt – erfülle du jetzt die deine.‹ ›Gib mir noch eine Frist!‹ flehte mein Großvater, der fühlte, daß mit dem Teufel nicht mehr zu spaßen war. ›Nur noch bis morgen früh!‹ ›Also gut‹, sagte der Teufel. ›Ich bin sowieso schon müde von der Fliegerei und dem dauernden Klimawechsel. Bis morgen früh also – aber dann ist es Schluß! Tschüß!‹ In der Nacht beriet sich mein Großvater mit seinem Kollegen Dr. Rechnitzer. Am nächsten Morgen, als der Teufel erschien, sagte mein Großvater: ›Ich habe nur noch *eine* Bitte! Fahr' mit mir nach Mödling. Ich möchte, bevor ich zur Hölle fahre, noch *einmal* die Stätte sehen, wo ich meine Kindheit verbracht habe.‹ Die beiden fuhren mit der Bahn nach Mödling, einer kleinen Bezirksstadt in der Nähe Wiens. ›Komm!‹ sagte mein Großvater und stieg mit dem Teufel den Weg zum Anninger, dem Mödlinger Hausberg, hinauf. Der Teufel wurde mißtrauisch. ›Was willst du hier?‹ fragte er. ›Hier‹, antwortete mein Großvater, ›lebt in einer Höhle ein Eremit. Wenn ich auch *dem* bekannt bin, gehe ich mit dir.‹ Ehe der Teufel noch opponieren konnte, kam der Eremit zwischen den Bäumen hervor. Er war in ein härenes Gewand gehüllt, wie es bei Eremiten üblich ist, und trug einen langen Stab in der Hand.

›Kennst du mich?‹ fragte mein Großvater den Eremiten, während der Teufel einen Schritt zurücktrat. Der Eremit schüttelte den Kopf. ›Nein‹, sagte er. ›Ich bin Dr. Robinson‹, sagte mein Großvater. Der Eremit lächelte. ›Ich brauche keinen Arzt‹, sagte er. ›Meine Ärzte sind die Kräuter, die hier ringsherum wachsen.‹ ›Ich bin kein Arzt‹, klärte ihn mein Großvater auf. ›Ich bin Rechtsanwalt.‹ ›Rechtsanwalt brauche ich erst recht keinen‹, sagte der Eremit. ›Ich habe keine Gegner, und wenn ich welche habe, gehe ich nicht zu Gericht, sondern bete für sie.‹ ›Du kennst mich also nicht?‹ fragte mein Großvater, jedes Wort betonend. ›Nein‹, meinte der Eremit arglos. Da nahm der Teufel wieder seine ursprüngliche Gestalt an, stieß nebst einem Fluch noch Pech und Schwefel aus und stampfte mit seinem Pferdefuß auf den Boden, daß das Loch noch heute zu sehen ist. Dann verschwand er unter Rauch und Feuer.
›Na?‹ fragte Dr. Rechnitzer, denn er und kein anderer war der Eremit. ›Wie war ich?‹
›Großartig!‹ lachte mein Großvater. Rechnitzer legte das härene Gewand ab, das er für hundert Schilling von einer Theaterkostümleihanstalt geborgt hatte, mein Großvater bezahlte ihm das vereinbarte Honorar und lebte fortan ungeschoren bis an sein seliges Ende. Mein Bekanntheitsgrad«, fuhr Robinson fort, »dürfte aber die Rache des Teufels an einem von Großvaters Nachkommen sein. Guten Abend!« grüßte er wieder. »Guten Abend! Guten Abend!«
Die Pause war zu Ende, wir gingen in den Zuschauerraum zurück. Der Vorhang hob sich – ich sah überall

den alten Robinson. Parsifal-Robinson, Gurnemanz-Robinson, die Priester des Grals – lauter alte Robinsöhne. Als aber auch auf dem schlanken Hals der Kundry der Kopf des alten Robinson saß, dachte ich »Hol's der Teufel!« und schlief, so gut wie ich noch selten bei einer Oper geschlafen habe.

Wissen Sie schon, daß Liz Taylor nur mit einer schwarzen Sonnenbrille die Kirche besucht? Warum? Weil sie fürchtet, der liebe Gott könnte sie erkennen und ein Autogramm von ihr verlangen.
Zu populär zu sein kann seine Nachteile haben – wie die Anekdote von Liz Taylor sowie die Geschichte von Robinson und dem Teufel beweisen.

Der eine lebt, um zu essen, der andere ißt, um zu leben. Ich esse gern, und obwohl meine Frau eine gute Köchin ist – ich esse gern auswärts. Nicht in Nobelhotels, auch nicht in feinen Restaurants – nein. Was ich liebe, sind

Buffets, Buffets, Buffets!

Ich weiß nicht, ob es Ihnen bekannt ist, liebe Leserinnen und Leser, daß in den Ministerien, Rathäusern, Ämtern und dergl. gewisse Listen aufliegen. Das hat nichts mit Verletzung des Datenschutzes zu tun, da es sich dabei um harmlose Listen handelt. Listen mit Namen und Geburtsdaten prominenter Persönlichkeiten aus Kunst und Kultur, Wirtschaft und Wissenschaft. Gegen Monatsende fliegen nun die Sekretärinnen und Sekretäre der Ministerien, Rathäuser und Ämter die Listen durch und sagen: »Aha! Der X. oder die Y. hat im nächsten Monat Geburtstag!« Da muß dann der Minister, der Bürgermeister, der Bezirksvorstand, oder wer immer dafür zuständig ist, ein Gratulationsschreiben schicken. Diese Gratulationsschreiben sehen folgendermaßen aus: Schrift und Unterschrift sind hektographiert, der Text ist immer der gleiche. Der Minister, Bürgermeister, Bezirksvorstand drückt dem Jubilar seine guten Wünsche aus, er wünscht ihm auch weiterhin Gesundheit und viel Erfolg, er erklärt ihm, wie es ihn freut, daß der Gefeierte gerade in seinem Land (Stadt, Bezirk) lebt, und hofft, daß er ihn bei der nächsten Wahl nicht vergessen wird. Anders ist es, wenn es sich um eine wirklich große Persönlichkeit handelt. Dann ist der Brief persönlich abgefaßt und wird auch persönlich unterschrieben.

Aber nicht nur die Ministerien, Rathäuser, Ämter und dergl. haben Listen – nein, auch die Galerien, Verlage und Theater. In diesen Listen werden keine Daten geführt, sondern Adressen. Es sind die Adressen jener Leute, die zu Vernissagen, Buchpräsentationen und Premieren geladen werden. Steht man einmal auf diesen Listen, kann man sich vor Einladungen nicht mehr retten. Am Morgen kommt die Post: Einladungen. Oft sind es so viele, daß der Briefträger sie selbst per Post aufgibt, weil am nächsten Tag der Kollege Dienst hat. Soll der sich damit abschleppen. Die Einladungen sind also da – nun geht es ans Sichten. Dazu braucht man eine gewisse Routine. Zuerst prüft man das Ende der Einladungen. Dort steht entweder »Buffet«, »kleines Buffet« oder nichts. Die mit nichts werden sofort ausgeschieden. Dann werden auch die kleinen Buffets abgelegt. Der gelernte Buffetesser weiß nämlich genau, daß die bescheidenerweise nur mit »Buffet« angegebenen Buffets große Buffets sind. Nicht, daß ich so verfressen wäre, aber nehmen Sie bloß eine Vernissage. Von Bildern verstehe ich nichts, vom Essen ja. Findet an einem Tag kein großes Buffet statt, muß man in ein kleines hineinbeißen. Gibt es zwei oder drei Buffets am selben Tag, muß man trachten, zu allen zurecht zu kommen.

Natürlich findet man überall dieselben Leute. Ich kenne sie alle. Ich weiß genau, wer die Lachs- und Kaviarbrötchen nimmt, ich weiß, wer den Sardellen- und Eieraufstrich vertilgt. Es sind meine Feinde. Ihnen muß ich zuvorkommen. Das ist mein Sport. Fußball, Tennis und Golf interessieren mich nicht. Meine Disziplin ist der Buffetslalom. Das Startzeichen ertönt – das Buffet ist eröffnet. Schon winde ich mich im Slalom durch die Gäste, um als erster ans Ziel zu kommen. Es gelingt mir fast immer. Natürlich geht es nicht immer glatt, es gibt auch Unfälle. Hühnerbrüste auf Smokingbrüsten, Rehrücken auf Damenrücken. Mir passiert eigentlich nie etwas, obwohl ich mit drei Tellern arbeite. Ich habe das bei dem Ober meines Stammrestaurants gelernt. Ich bin also im Ziel, sehe den Mann mit der Kochmütze, der für gewöhnlich hinter dem Buffet steht, mit trinkgeldversprechendem Lächeln an (er bekommt natürlich keines, aber das Lächeln ist wichtig), sage: »Bitte auch etwas für meine zwei Damen«, lade die drei Teller voll, fahre im Slalom zurück, setze mich an ein kleines Tischchen und esse.

»Wie gefallen sie dir?« störte mich neulich mein Freund Spannagl. Auch er steht auf den Listen.

»Gestern waren sie besser«, pampfte ich.

»Ich meine doch nicht die Brötchen. Ich meine die Bilder.«

»Wo sind wir denn?«

»Bei der Vernissage in der Galerie Lobos.«

»Ich dachte bei der Buchpräsentation.«

»Die ist in einer halben Stunde. Wir müssen uns beeilen.« Wir eilten zur Buchpräsentation, der Autor hat Gott sei Dank schon gelesen, das Buffet wird eröffnet.

»Ich habe Sie schon vermißt«, sagt ein Herr etwas unfreundlich. »Ich hoffte schon, daß ich auch einmal zu einem Zwiebelbrötchen kommen könnte.«

»Aber bitte, nehmen Sie sich!« Ich ließ ihm den Vortritt. Der Verlag ist bekannt. Nicht wegen seiner guten Bücher, sondern wegen seiner guten Buffets. Aber gerade die Zwiebelbrötchen sind bei den andern Verlagen besser. »Beeil' dich!« stieß mich Spannagl an. »Wir müssen noch zur Premiere ins Theater.«

»Stimmt.« Ich verrate nicht, in welches Theater wir mußten, sonst lädt man mich nicht mehr ein. Das Buffet, so stand es in der Einladung, findet während der Pause nach dem ersten Akt im Empfangssalon statt. Ich halte das für eine sehr gute Einführung, weil man da den zweiten Teil des Stückes nicht zu sehen braucht.

Neulich, bei einer Filmpremiere, hatte ich den *ersten* Teil des Films nicht gesehen, weil das Buffet erst nach Schluß angesetzt war. Außerdem war ich vorher bei einem politischen Vortrag mit anschließender Diskussion. Das hatte ich in der Einladung übersehen. Als gelernter Buffetesser darf man nie zu Diskussionen gehen, weil man sich da nie ausrechnen kann, wann genau das Buffet eröffnet wird. So aß ich bloß schnell zwei Brötchen, weil ich mir von dem Filmbuffet mehr versprach. Der Film war von durchwegs reichen Leuten gesponsert worden, die sich einen Mißerfolg wünschten, weil sie eine Steuerabschrift brauchten. Da konnte es auf das Buffet auch nicht mehr ankommen. Im Gegenteil! Je teurer, desto besser. Da war es schon! Es sah herrlich aus! Hummer, Malasolkaviar, Forellenfilets! Eben wollte ich darauf zustürzen, als mich der Regisseur des Films aufhielt.

»Wie hat Ihnen der Film gefallen?« fragte er mich.

Was sollte ich sagen? Ich hatte nur den Schluß gesehen. »Er war wunderbar!« lobte ich ihn und schielte auf das Buffet, wo sich bereits alles drängte und bediente.

»Was sagen Sie zu Schaller?« Schaller ist ein Schauspieler.

»Schaller?« wiederholte ich. »Schaller ist Schaller. Er ist gut wie immer.«
»Wie immer?« wunderte sich der Regisseur. »Schaller war doch ganz anders als sonst. Schaller hat sich selbst übertroffen.«
Soll er, dachte ich. Die Leute gingen schon mit vollen Tellern an mir vorüber. »Schaller war hervorragend«, sagte ich. »Er ist eben der typische Verbrecherdarsteller.«
»Ja aber –!« Der Regisseur konnte es nicht fassen. »Schaller spielte doch diesmal den Kommissar?!«
Zu dumm. »Er ist eben auch als Kommissar ein Verbrecher«, sagte ich. Wie lange wird mich der Mann noch aufhalten? Ich sehe schon leere, weiße Flecken auf dem Buffettisch. Wo ist der Hummer? Der Hummer ist weg! Der Regisseur schüttelte den Kopf und ging. Ich ging auch. Ich ging? Ich lief. Gott sei Dank war noch genügend da.
»Den Nußkäse mußt du essen«, sagte Spannagl. »Er ist ein guter Abschluß.« Abschluß? Ich fange erst an. Das ist auch eine Regel: Man darf sich vor einem Buffet nie mit jemandem in ein Gespräch einlassen.
Eines Abends spielte man mir übel mit. Es war nichts los: keine Vernissage, keine Buchpräsentation, keine Premiere. Meine Frau und ich sitzen zu Hause, plötzlich läutet es an der Tür. Meine Frau öffnet – Spannagl und Frau treten ein.
»Nett von euch, daß ihr uns einladet«, sagte Spannagl. »Wenn es auch kurzfristig war«, setzte Trude, seine Frau, hinzu. Einladet? Wer hat eingeladen?

Wieder läutet es. Mein Freund Robinson und seine Frau Mela erscheinen.
»Ist es euch wirklich erst im letzten Moment eingefallen, Gäste einzuladen, oder hat euch jemand abgesagt?« fragte Mela spitz. Gäste einladen? Abgesagt? Was hat das zu bedeuten? Es kommt mein Dentist Dr. Wronsky mit Frau, mein Schwager Goldmann mit Frau und Sohn Ladi, damals acht, es kommen Wimmers, Pfandl, Joschi mit Frau und noch einige andere Leute. Alle waren angerufen worden, daß wir sie zu einem Überraschungsbuffet bitten.
»Entschuldigt«, sagte ich verblüfft, »da hat uns jemand einen Streich gespielt.« Ich konnte mir auch denken, wer es war. Der Mann mit den Zwiebelbrötchen aus dem Verlag. »Ihr könnt natürlich bleiben. Wir werden das Beste draus machen. Wir müssen eben improvisieren. Ich kann euch, wenn ihr wollt, aus meinem neuen Buch vorlesen.« Ein Teil der Gäste empfahl sich. Sie waren bereits anderswo eingeladen und wollten uns das nur mitteilen. »Meine Frau könnte ein paar Chansons singen«, schlug ich vor. Wieder verschwand ein Teil der Gäste. Der harte Kern wartete noch. »Leider«, bedauerte meine Frau, »waren wir nicht auf Besuch vorbereitet. Wir können euch nicht einmal etwas zum Essen anbieten.« Nun stob der Rest in panikartiger Flucht davon. Ich hörte noch, wie Ladi rief: »Frauen und Kinder zuerst!«, dann waren sie draußen.
Meine Frau und ich machten es uns nach dem Schrekken gemütlich. Sie ging in die Küche, räumte den Kühlschrank aus und richtete uns ein kleines Buffet

an. Dann gingen wir schlafen. Morgen mußte ich ja wieder arbeiten: zwei Vernissagen und eine Buchpräsentation.

Tagebucheintragung: Acht Uhr früh. Heute Einladung zu Vortrag. Verspricht himmlisches Buffet zu werden!
Zwanzig Uhr: Mußte fünfhundert Schilling bezahlen. Hatte übersehen, daß auf der Einladung stand »Wohltätigkeitsbuffet«. Bauernfängerei! Werde in Hinkunft Text genauer lesen.

In der Natur erfüllt alles seinen Zweck. Ohne den Hund wüßten wir nicht, wie treu Tiere, ohne die Gans wüßten wir nicht, wie schmackhaft Gänsebraten, und ohne das Krokodil wüßten wir nicht, wie teuer Handtaschen sein können.
Letzteres erfuhr ich erst durch meinen Freund Joschi.

Die Krokodilledertasche

Mein Freund Joschi rief mich an.
»Ja?« meldete ich mich.
»Komm ins Kaffeehaus, ich habe etwas für dich. Es wird dir Freude machen.«
»Leider«, bedauerte ich. Wenn Joschi mir Freude machen will, kostet es mich immer Geld. »Ich habe keine Zeit. Zebisch ist bei mir. Er sucht ein Drehbuch für eine Fernsehsache und möchte, daß *ich* es ihm schreibe.«
»Zebisch ist nicht bei dir, weil er bei mir ist, und er sucht auch kein Drehbuch für eine Fernsehsache, weil er mir eben geklagt hat, daß er beim Fernsehen seit Monaten nichts zu tun hat.«
»Also gut«, seufzte ich. »Wann?«
»Sagen wir um vier?«
»Okay.« Warum mußte ich gerade Zebisch sagen? So viele Fernsehregisseure kenne ich: Axel von Ambesser, Michael Kehlmann, Kurt Wilhelm – ausgerechnet Zebisch mußte mir einfallen.
Um vier war ich im Kaffeehaus. »Der Herr Joschi erwartet Sie im Extrazimmer«, sagte mir der Ober Anton. Also ging ich ins Extrazimmer, wo Joschi inmitten eines Berges von Schachteln saß.
»Was ist los?« wunderte ich mich. »Willst du einen Flohmarkt aufmachen?«
»Flohmarkt«, wiederholte Joschi verächtlich. »Ich habe dir doch schon gesagt, daß ich dir eine Freude machen will. Wann hat deine Frau Geburtstag?«
»Du meinst, wann sie Geburtstag *hatte?*« fragte ich triumphierend. »Vorige Woche.«
»Und Namenstag?«

»Vor zwei Wochen.«
»Wann feiert ihr euren Hochzeitstag?«
»Du willst wissen, wann wir ihn gefeiert *haben*«, triumphierte ich wieder. »Vor sechzehn Tagen.« Es war schön, Joschi leiden zu sehen. Aber es dauerte nicht lang.
»Schön«, sagte er. »Dann wirst du sie eben deiner Frau zu Weihnachten schenken.«
Vorsicht! Die Sache wurde ernst. »*Was* werde ich meiner Frau zu Weihnachten schenken?« erkundigte ich mich.
»Eine Handtasche. Eine Krokodilledertasche. Du kennst doch Mario?«
»Natürlich.«
»Er hat einen Freund. Einen Fabrikanten.«
»Den kenne ich auch. Toni Sperber. Er hat eine Lederwarenfabrik.«
»Er *hatte* eine Lederwarenfabrik«, korrigierte Joschi. »Er ist pleite.«
»Nein!« sagte ich bedauernd. »Das tut mir aber leid.«
»Das kann dir auch leid tun«, meinte Joschi. »Er ist Mario Geld schuldig. Es ist kein großer Betrag, aber dennoch. Die Fabrik ist versiegelt. Zum Glück hatte er noch einige Taschen zu Hause. Wenn es mir gelingt, diesen Rest zu verkaufen, kommt Mario zu seinem Geld.«
»Und warum gerade *du?*«
»Weil Mario *mir* und ich *dir* Geld schulde.«
»Und damit du mir bezahlen kannst, was du mir schuldig bist, soll *ich* meiner Frau eine Handtasche kaufen?« Ich war empört.

»Nicht nur deshalb«, beruhigte mich Joschi. »Es sind Gelegenheitskäufe. Schau dir eine an, es besteht ja kein Kaufzwang.« Er öffnete eine der Schachteln und nahm eine braune Krokodilledertasche heraus. Sie war wirklich eine Pracht. »Ist die auch echt?« fragte ich mißtrauisch.

»Echt?« wiederholte Joschi. »Mach' sie auf, und du wirst den Eindruck haben, daß das Krokodil seinen Rachen öffnet.«

Ich machte sie auf. Sie war mit Seide gefüttert, hatte einige Fächer, ein Portemonnaie aus Krokodilleder, einen Kamm mit einem Futteral aus Krokodilleder – sie war wirklich schön.

»Kostet?« fragte ich.

»Für dich zweitausend Schilling. Das ist geschenkt.«

Ich weiß nicht, ob eine Krokodillederhandtasche für zweitausend Schilling geschenkt ist, aber ich hätte sie gekauft, wenn da nicht ...

»Was überlegst du noch lang?« fragte Joschi.

»Mir ist eben eingefallen, daß meine Frau nichts haben will, was ein Tier das Leben gekostet hat. Keinen Nerz, keinen Zobel, keinen Blaufuchs ...«

Joschi schüttelte mitleidig den Kopf. »Ich wollte es den andern nie glauben«, sagte er, »aber du bist wirklich bescheuert. Diese eine Tasche hat doch das Krokodil nicht deiner Frau wegen das Leben gekostet. Wäre deine Frau hingegangen und hätte gesagt: ›Ich möchte aus diesem Krokodil eine Tasche haben, aber nur aus diesem Krokodil und aus keinem anderen‹, und man hätte es aus dem Teich gefischt und getötet, dann hätte es das Krokodil, deiner Frau wegen, das

Leben gekostet. Aber so? Das Krokodil ist doch schon tot.«

Das leuchtete mir ein. Ich betrachtete die Tasche nochmals.

»O je!« sagte ich plötzlich.

»Was gibt's?«

»Die Tasche hat einen Kratzer.«

»Wo?«

»Da.« Ich zeigte mit dem Finger drauf.

»Du hast recht«, sagte Joschi. »Es hat zwar nichts zu bedeuten – es ist nur ein Zeichen, daß das Krokodil einen Wasserfloh hatte und sich gekratzt hat –, aber ich zeige dir eine andere.« Er zeigte mir eine blaue.

»Blau?« staunte ich. »Gibt es auch blaue Krokodile?«

»Blaue Krokodile gibt es *nicht,* aber es gibt Verfahren, mittels derer man Krokodilleder blau färben kann. Nimm an, deine Frau hat ein blaues Kostüm, wird sie dazu eine blaue Tasche haben wollen.«

»Meine Frau hat aber kein blaues Kostüm.«

»Schade. Die Tasche hätte nur viertausend Schilling gekostet. Hat deine Frau ein rotes Kostüm?«

»Nein.«

»Da hätte ich eine sehr schöne rote gehabt. Für nur sechstausend Schilling.«

»Wieso werden die immer um zweitausend teurer?«

»Weil ich mit der billigsten angefangen habe. Denk nach: Hat deine Frau ein graues Kostüm? Eine graue Tasche hätte ich auch noch.«

»Kostet achttausend.«

»Ja.«

»Das geht aber nicht. Wenn meine Frau zu einem

grauen Kostüm eine graue Tasche trägt, schaut sie aus wie eine Maus. Laß mich überlegen. Meine Frau hat ein gestreiftes Kostüm, ein kariertes Kostüm ...«
»Gestreifte und karierte Krokodile gibt es nicht.«
»Das weiß ich. Was hat sie noch?« Ich dachte nach.
»Ein dunkelbraunes Kostüm ...«
»Das ist die Lösung!« rief Joschi glücklich. »Du nimmst eine hellbraune Tasche dazu.«
»Hast du denn eine solche?«
»Ja, du Glückskind!«
»Kostet achttausend Schilling.«
»Zehntausend.«
»Wieso?«
»Weil sie das Glanzstück der ganzen Kollektion ist. Die Krönung! Das Nonplusultra! Da! Schau sie dir an!« Er hielt mir eine wunderschöne hellbraune Tasche entgegen. »Da müßtest du dich allerdings sofort entscheiden, weil ich sie Robinson schon so gut wie zugesagt habe.«
»Robinson will sie kaufen? Für seine Frau?«
»Das weiß ich nicht. Ist mir auch egal.«
»Gut. Ich nehme die Tasche.« Robinson, der sich immer seiner Gelegenheitskäufe wegen rühmt, wird Augen machen. »Ich schreibe dir einen Scheck aus auf achttausend Schilling ...«
»Zehntausend.«
»Sagen wir neuntausend.«
»Also gut, weil *du* es bist, neuntausend. Ich gratuliere dir zu dem Kauf.«
Ich gab ihm den Scheck, er packte mir die Tasche ein, ich trug sie nach Hause. Unterwegs blieb ich bei je-

dem Taschengeschäft stehen. Ich sah weit billigere Krokodilledertaschen als meine, aber meine war die schönste.
Ich kam nach Hause, meine Frau war nicht da, also konnte ich mir die Tasche noch einmal ungestört ansehen, bevor ich sie bis zum Weihnachtsabend versteckte. Was war ich für ein Kerl! Ich hatte nicht nur ein schönes Weihnachtsgeschenk für meine Frau, ich hatte Robinson die Tasche weggeschnappt, und ich hatte Joschi tausend Schilling abgehandelt. Ein munteres Weihnachtsliedchen pfeifend packte ich die Tasche aus, und – das durfte nicht wahr sein! Joschi, dieser Vagabund, hatte mir für neuntausend Schilling die Tasche mit dem Kratzer verkauft, die ich anfangs für zweitausend hätte haben können.

Man soll keinem Freund, der einen Freund hat, dessen Freund mit einer Krokodillederfabrik pleite gemacht hat, eine Tasche abkaufen.

Heinrich Heine sagte: »Die Dichtkunst hat alle möglichen Tugenden – und nur einen Fehler: sie ist tot.« »Warum«, werden Sie fragen, »müssen dann unsere Kinder in der Schule noch immer die alten Gedichte auswendig lernen?« Ich werde es Ihnen sagen: Damit ihnen die Schönheit der deutschen Sprache klar wird. Wer spricht wohl ein schöneres Deutsch als Friedrich von Schiller? Wo findet man eine erhabenere Sprache als in seinen Gedichten wie »Das Lied von der Glokke«, »Der Taucher«, »Die Bürgschaft«? Mein Neffe Ladi machte es mir wieder bewußt.

Ladi und die Bürgschaft

Ich war stockheiser. Ob do, re, mi, fa so, la oder si – es gab keinen Ton, den ich hervorgebracht hätte. »Es sind die Stimmbänder«, sagte Dr. Merzenberger. »Ich werde Ihnen ein Rezept schreiben.« Dr. Merzenberger schreibt gern Rezepte. Leider schreibt er sehr unleserlich. Ich weiß, daß alle Ärzte unleserlich schreiben, aber Dr. Merzenbergers Schrift ist so unleserlich, daß nicht einmal die Apotheker sie lesen können. Einem meiner Bekannten, einem gewissen Wollweber, schrieb Merzenberger einmal ein Rezept, welches Wollweber zwei Jahre hindurch als Ausweis auf den Bundesbahnen benützte, eine Saison lang als Presselegitimation für sämtliche Theater und Sportveranstaltungen, einmal holte er sich damit von dem Kassier des Betriebs, in dem er tätig war, einen Vorschuß – und was das Beste war: seine Tochter spielte es in der Musikakademie auf dem Klavier und bekam ein Stipendium.
»Das heißt«, überlegte Merzenberger es sich plötzlich, »ich schreibe Ihnen kein Rezept, es würde doch nichts nützen. Sie werden mir versprechen, daß Sie vierundzwanzig Stunden lang keinen Ton reden werden oder nur ganz, ganz leise. Nach vierundzwanzig Stunden werden Sie gesund sein.« Sein Wort in Gottes Gehörgang. »Auf Wiedersehen«, sagte ich tonlos.
Auf dem Weg nach Hause traf ich Robinson.
»Servus«, sagte er mit seiner sonoren Stimme.
»Servus«, hauchte ich ohne Ton.
»Was hast du?« wunderte sich Robinson.
Ich zeigte auf meinen Hals. »Heiser«, ließ ich ihn von meinen Lippen ablesen.

»Da gibt es nur eines«, meinte Robinson. »Du darfst vierundzwanzig Stunden kein Wort sprechen.«
»Ich bin eben dabei, das zu tun«, sagte ich wie ein amerikanischer Filmstar, dem man seine Stimme zwar bereits entzogen hat, der aber noch nicht nachsynchronisiert worden war.
»Dann geh' nach Hause«, riet mir Robinson, »und trinke einen heißen Tee. Das wird dir helfen. Servus!«
Ich winkte ihm stumm zu. Den Tee, dachte ich, werde ich im Kaffeehaus trinken. »Was darf ich bringen?« fragte Anton, der Ober.
»Einen heißen Tee«, sagte ich ohne Ton.
»Ich verstehe«, sagte Anton. »Einen weißen Kaffee, also mit viel Milch. Sonst trinken Sie aber doch den Kaffee immer eher dunkel?«
Ich schüttelte geduldig den Kopf. »Nicht weißen Kaffee«, bewegte ich meine Lippen. »Heißen Tee.« Anton verstand. Mir fiel der Witz von dem heiseren Ober ein. »Was haben Sie für Eis?« fragte ihn ein Gast. »Erdbeer, Himbeer, Vanille«, antwortete der heisere Ober ganz leise. »Haben Sie Laryngitis?« erkundigte sich der Gast. »Nein«, sagte der Ober, »nur Erdbeer, Himbeer und Vanille.«
Anton brachte den Tee. Ich trank ihn, verbrannte mir die Lippen, die Zunge, den Gaumen und wahrscheinlich auch die Stimmbänder, aber vielleicht war es gerade das, was mir, laut Robinson, helfen sollte.
Ich bezahlte und ging nach Hause. Als ich mein Arbeitszimmer betrat, saß mein Neffe Ladi, damals acht, in einem Fauteuil und wartete bereits auf mich. »Küß die Hand, Onkel!« begrüßte er mich vergnügt.

Wenn mir an diesem Tag noch etwas gefehlt hatte, war es Ladi.
»Servus«, hauchte ich unhörbar. »Willst du, Gott behüte, etwas von mir?«
Ladi sah mich verwundert an. »Was hast du?« fragte er.
»Heiser«, deutete ich wieder auf meinen Hals. »Ich muß stumm sein. Vierundzwanzig Stunden.«
»Was ist mit vierundzwanzig Hunden?«
»Nicht Hunden. Stunden«, flüsterte ich lautlos. »Ich muß vierundzwanzig Stunden stumm sein.«
»Dumm sein?«
»Stumm sein!« Ich sprach tonlos, aber gereizt, weil ich überzeugt war, daß mich der Bengel genau verstanden hatte. Trotzdem setzte ich hinzu: »Ich bin krank.«
»Und da mußt du stumm sein?« fragte Ladi fasziniert. »Wo kriegt man diese Krankheit? Warum hat mein Papi sie nie? Da könnte er nicht mit mir herumschreien.«
»Genug jetzt«, versuchte ich die Sache abzukürzen. »Sag' mir, was du von mir willst, und dann geh' nach Hause.«
»Ich habe morgen in der Schule ein Gedicht aufzusagen, und da habe ich meinen Papi gebeten, daß er es mit mir durchnimmt, wegen der Betonung. Aber der Papi hat gesagt, er ist ein Textilexperte und kein Betonfachmann, und wenn man schon das Unglück hat, einen Dichter in der Familie zu haben, dann soll *er* es mit mir durchnehmen.«
Erst fühlte ich mich geschmeichelt, aber dann stutzte

ich. Wenn man schon das Unglück hat, hat er gesagt? Mein Schwager muß mich ja schön einschätzen. »Ich kann heute nichts mit dir durchnehmen«, bedauerte ich. »Du siehst, ich habe keinen Ton in der Kehle.«
»Dann hör' mich wenigstens an«, bat Ladi.
»Gut«, nickte ich mit einer Stimme wie ein Popsänger, dem man das Mikrophon gestohlen hat. »Fang an.«
Ladi begann: »Die Bürgschaft von Schiller.«
»Von Friedrich von«, korrigierte ich.
»Bitte?«
»Du sollst sagen: von Friedrich von Schiller. Schiller war ein ›von‹. Also!«
»Die Bürgschaft von – *wie* heißt er?«
»Friedrich.«
»Den Namen merke ich mir nicht«, sagte Ladi unglücklich, »den habe ich mir noch nie gemerkt. Ich verwechsle immer Friedrich mit Dietrich.«
»Versuche es! Los!« Hier steht zwar ein Rufzeichen, aber ich rief es ganz leise in mich hinein. Trotzdem: Ich muß furchterregend ausgesehen haben, weil Ladi erschrocken zusammenzuckte.
»Die Bürgschaft«, bibberte er. »Von Dietrich von Schiller.«
»Friedrich!« flüsterte ich wütend.
»Friedrich«, wiederholte er unglücklich. »Darf ich nicht nur ›von Schiller‹ sagen?«
»Meinetwegen.«
»Die Bürgschaft von von Schiller.«
»Warum sagst du zweimal ›von‹?«
»Einmal ›von‹, weil das Gedicht von ihm ist, und einmal ›von‹, weil du gesagt hast, daß er ein ›von‹ ist.«

»Das ist unmöglich. Sag' nur ›von Schiller‹.«
»Das hab' ich von Anfang an gesagt.«
»Los! Noch einmal!« Ich hauchte zwar, aber ich zitterte, als ob ich brüllen würde.
»Die Bürgschaft von Schiller«, begann Ladi wieder. Er war bereits leicht verzweifelt. »Zu Dyonis, dem Tyrannen, schlich – Möros, den Dolch im Gewande.«
»Die Pause nach ›schlich‹ ist schlecht!« tobte ich nach innen. »Ein Gedicht muß man aufsagen, als ob es *kein* Gedicht wäre!« Ich rezitierte: »Zu Dyonis, dem Tyrannen, schlich Möros – jetzt kommt die Pause – den Dolch im Gewande. Hast du das verstanden?«
»Ja«, sagte Ladi, mit Tränen in den Augen. »Die Bürgschaft von Dietrich.«
»Friedrich!«
»Friedrich.«
»Schiller!«
»Schiller. Zu Dyonis, dem Tyrannen, schlich Möros – jetzt kommt die Pause – den Dolch im Gewande.«
»Jetzt kommt die Pause, darfst du *nicht* sagen!« ich krächzte bereits, was ich gar nicht sollte. Warum bringt mich dieser Lausbub immer in Wut? »Weiter!« befahl ich. »Ihn schlugen die Häscher –«
»Ihn schlugen die Häscher –«
»Weiter!!!«
»Ich habe den Ort vergessen«, weinte Ladi.
»Was für einen Ort?«
»Den Ort, in dem sie ihn schlugen. Jetzt fällt es mir ein: in Banden.«
»Banden ist kein Ort, du mißratener Fratz!« bebte ich

am ganzen Körper. »In Banden heißt ›in Fesseln‹!«
»Warum hat er dann nicht gleich ›in Fesseln‹ geschrieben?«
»Weil er ›in Banden‹ geschrieben hat!« Ich konnte kaum noch an mich halten. Meine Nerven waren angespannt, als ob sie unter »die angespanntesten Nerven« ins Guiness' Buch der Rekorde kommen wollten. Aber auch Ladi war im Begriff, die Fassung zu verlieren. »Weiter!« befahl ich.
»Was wolltest du mit dem Dolche, sprich!« setzte er fort. »Entgegnet ihm wütend der Finsterich.«
»Finster der Wüterich!« wisperte ich, als ginge meine Zunge auf Samtpfoten. Dabei schlug ich mit beiden Fäusten auf den Schreibtisch ein.
Über Ladis Wangen kollerten dicke Tränen. »Was wolltest du mit dem Dolche, sprich!« schluchzte er. »Entgegnet ihm finster der Wüterich. Die Stadt vom Tyrannen befrei'n – das sollst du am Kreuze berei'n.«
»Bereuen!« ächzte ich.
»Das reimt sich nicht«, heulte Ladi.
»Reimt sich nicht? Willst du Schiller lehren, was sich reimt? Vielleicht auch Goethe?« Ich deklamierte tonlos, aber mit Leidenschaft: »Es war ein König in Thule – getreu bis an sein Grab – dem sterbend seine Buhle – einen goldenen Becher gab.«
Ladi sah mich verwundert an. »Was ist das – eine Buhle?«
»Frag' deinen Vater!« regte ich mich auf. »Wenn man schon das Unglück hat, einen Textilexperten in der Familie zu haben, dann soll *er* dir sagen, was eine Buhle ist! Hinaus mit dir!« schrie ich und warf ihn

hinaus. Moment! Habe ich gesagt »schrie ich?« Jawohl – *schrie* ich. Ich hatte dank Ladi meine Stimme wiedergefunden. Ich holte ihn zurück. »Komm herein«, sagte ich freundlich, »und verzeih' mir!«
Meine Frau brachte, wie auf Stichwort, Kaffee und Kuchen, aber nur zwei Tassen. »Du bist noch da, Ladi?« staunte sie.
»Ja«, sagte ich glücklich. Und zu Ladi gewendet: »Hast du einen Wunsch, Ladi?«
Und Ladi vergaß seine Tränen und sagte strahlend, mit Blick auf den Kuchen: »Ja. Ich sei, gewährt mir die Bitte – in eurem Bunde der dritte.« Und als meine Frau ihn verwundert ansah, setzte er hinzu: »Die Bürgschaft von Dietrich.«

Ich erzählte diese Geschichte später einmal Ladis Eltern und machte folgende Feststellung: *Vor* der Ehe ist Schiller der größte Dichter – *in* der Ehe ist es der Kindermund.

Viele Grausamkeiten werden im Namen der Zivilisation begangen. Gäbe es keine Zivilisation, würden wir eine andere Ausrede finden.
Ich weiß nicht, von wem dieser Ausspruch stammt – aber er stimmt.

Dschingis-Khans Wiederkehr

Hannibal Furchtlos war ein Held. Ein Pantoffelheld. Vor zehn Jahren hatte er seine Frau Amanda zum Altar geführt, vor neun Jahren hatte sie die Führung übernommen. Sie legte ihm die Zügel an und zog sie immer fester zu, bis er kaum noch Luft hatte. Während seine Bürokollegen, die ebenfalls verheiratet waren, rauchten, tranken und ihre galanten Abenteuer hatten, mußte er zu Hause bleiben und den Hausmann spielen. Am Dienstag war Bügeltag, und da sie immer einen Berg Wäsche hatten, bügelte Hannibal oft bis in die Nacht hinein. Zur Belohnung erlaubte ihm Amanda, am Mittwoch zum Stammtisch zu gehen. Sie hatte aus ihm einen richtigen Softy gemacht. Das wirkte sich natürlich auch auf seinen Beruf aus. Obwohl er in einer renommierten Riesenfirma tätig war, blieb er bescheiden in seinem angestammten Bereich kleben und sah zu, wie die andern mit gelenkiger Mastdarmakrobatik die Erfolgsleiter hinaufturnten. Der einzige Freiraum, der ihm geblieben war, war jener von Amanda gestattete Stammtisch in einem kleinen Gasthaus, wo er sich mit einigen Firmenkollegen traf, mit denen er seinerzeit in einem Zimmer gearbeitet hatte, die aber heute in weit höheren Etagen ihre Wirkungsfelder besaßen. Sie alle wußten um sein Pantoffelheldentum und hielten ihn deshalb zum besten, wie und wo sie konnten. Heute war es besonders schlimm, weil seine Frau ihm verboten hatte, den letzten Betriebsausflug mitzumachen. Die Kollegen waren angeheitert.

»Man soll ›Hannibal Furchtlos‹ heißen«, sagte Klausner, der es bereits zum Chef der Innovation gebracht hatte, »und sich nicht getrauen, zu Hause ›Pieps‹ zu machen.«

»Dabei schaut er aus wie Dschingis-Khan«, fand Weißenberger, Leiter des gestützten Schwerimports.

»Vielleicht *war* er einmal Dschingis-Khan«, meinte Gruber, der sich in die Position eines Oberkalkulators emporgespeichelt hatte. »Ich möchte das nicht von der Hand weisen. Ich glaube an die Seelenwanderung und habe bereits eine Menge darüber gelesen.«

»Ich glaube auch an die Seelenwanderung«, pflichtete Klausner ihm bei. »Schaut ihn euch nur an. Er hat doch richtige Mongolenfalten.

»Und einen Schnauzbart hat er auch«, sagte Weißenberger. »Wißt ihr, was ich glaube? Ich glaube, daß er Dschingis-Khan war und daß er jetzt, in diesem Leben, bei seiner Frau alle die Grausamkeiten abbüßen muß, die er als Dschingis-Khan begangen hat.«

Die andern lachten.

»Ich an deiner Stelle würde mich einmal hypnotisieren lassen, um der Sache auf den Grund zu gehen«, schlug der Oberkalkulator vor.

»Wozu?« fragte Klausner. »Für mich besteht kein Zweifel, daß er Dschingis-Khan war. Seiner Frau müßte er es zeigen, dann wäre seine Bußzeit zu Ende, und die ihre würde beginnen. Und darauf wollen wir trinken!«

»Prost!« riefen alle und stießen mit den Gläsern an.

Auf dem Nachhauseweg kam Hannibal von der Sache mit der Seelenwanderung und dem Dschingis-Khan nicht mehr los. Er wälzte sie in seinem Hirn herum. Vielleicht *gibt* es eine Seelenwanderung. Vielleicht

war er wirklich einmal Dschingis-Khan gewesen. Verschiedenes in seinem Äußeren sprach dafür. Dann müßte doch noch etwas von diesem Dschingis-Khan in ihm stecken?
Plötzlich verspürte er eine noch nie gekannte Kraft in seiner Seele. Energisch schloß er das Haustor auf, brauste voller Mut mit dem Lift in sein Stockwerk, öffnete geräuschvoll die Wohnungstür und polterte wie ein Berserker in das Vorzimmer. Was war das bloß? Sonst pflegte er schon am Gang die Schuhe auszuziehen und sich auf Zehenspitzen in das Vorzimmer zu schleichen, um nur ja nicht Amanda zu wekken – und heute? Heute warf er seinen Mantel in eine Ecke, riß die Schlafzimmertür auf und brüllte: »Steh auf und richte mir ein Bad! Ich möchte ein Bad nehmen!« Er wollte gar kein Bad nehmen, aber gab es etwas Dschingiskhaneskeres, als wenn ihr braver Hanni, wie sie ihn zu nennen pflegte, mitten in der Nacht nach Hause kam und ein Bad verlangte? Er stürmte ins Zimmer und zog ihr die Decke weg. »Hast du nicht gehört, was ich gesagt habe? Du sollst aufstehen und mir ein Bad richten! Aber flott!« Brutal knipste er das Schlafzimmerlicht an. Amanda richtete sich im Bett auf. »Wie sprichst du mit mir?« fragte sie mit verschlafenen Augen. »Bist du betrunken?«
»Ich bin stocknüchtern!«
»Du benimmst dich doch wie ein Irrer!«
»Ich benehme mich, wie es mir gefällt!«
Amanda hielt sich die Ohren zu. »Sei leise!« bat sie. »Was werden die Leute denken!«
»Die Leute sind mir egal! Ich möchte ein Bad! Marsch!«

»Ich bin schläfrig«, jammerte sie.
»Schläfrig? Du bist doch sonst immer hellwach und hältst mir eine Gardinenpredigt, wenn ich etwas später nach Hause komme! Los!« Aus seinen Augen sprühte ein gefährliches Feuer, das sie bei ihm noch nie gesehen hatte. Plötzlich ging eine Kraft von ihm aus, der sie nicht zu widerstehen vermochte. Sie sprang aus dem Bett, schlüpfte in ihren Morgenmantel und in die Pantoffeln und lief ins Badezimmer.
»Morgen!« zischte sie vor sich hin, während das Badewasser lief. »Morgen wirst du etwas erleben.« Hannibal aber rieb sich die Hände. Der Dschingis-Khan in ihm war erwacht.
Wenn Amanda dachte, daß es morgen anders sein würde, hatte sie sich getäuscht. Hannibal blieb Dschingis-Khan. Er vertauschte den Staubsauger mit einem Reitdreß, das Bügeleisen mit einer Gerte, er nahm Reitunterricht, und sein Reitlehrer kam aus dem Staunen nicht heraus. So ein Talent hatte er noch nicht gesehen. »Sie haben mich schon zum besten gehalten«, sagte er eines Tages, »als Sie mir weismachen wollten, daß Sie noch nie auf einem Pferd gesessen sind. Sie müssen schon als Kind geritten sein.«
»Vielleicht in meinem früheren Leben«, lächelte Hannibal, gab seinem Pferd die Sporen und ritt davon.
Der Reitlehrer sah ihm nach. »Toll!« sagte er. »Der ist mit dem Pferd verwachsen wie ein mongolischer Steppenreiter.«
Hannibal zog es zum Bogenschießen. Auch da wunderte sich der Trainer. »Sie gehen mit Pfeil und Bogen

um wie ein alter Hunne.« Hannibal lächelte, er spannte den Bogen und traf ins Schwarze.
So wie er vor einigen Wochen mit seiner Frau verfahren war, so verfuhr er jetzt im Büro mit seinen Kollegen. Sie erkannten ihn nicht wieder, allen blieb die Sprache weg, keiner wagte, sich ihm zu widersetzen, solch ein Herrscherwille ging mit einem Mal von ihm aus. Zug um Zug eroberte er sich Position um Position, Etage um Etage. Er besorgte sich eine ziemlich genaue Biographie von Dschingis-Khan und begann sie zu studieren. Von nun an gab es überhaupt keine Widerrede mehr. Zu Hause hatte nicht mehr Amanda, sondern er, Hannibal, das Ruder in der Hand. Seine Kinder, die ihn immer von oben herab behandelt hatten, zitterten plötzlich vor ihm. Sie gehorchten aufs Wort, was sich auf ihr Benehmen und ihre Schulerfolge positiv auswirkte.
Auch die Frauen nahmen plötzlich Notiz von ihm. Sie umschwärmten ihn und himmelten ihn an, sein sicheres Auftreten sowie die Dynamik, die von ihm ausging, machten ihn unwiderstehlich. Hannibal war zum Partylöwen geworden. Amanda wagte es nicht, sich dagegen aufzulehnen – im Gegenteil, sie war glücklich, wenn er sie mitnahm. Seine Selbstsicherheit stärkte ihn immer mehr, er schien um einen Kopf größer geworden zu sein, sein Name, über den oft gewitzelt worden war, erfüllte ihn nun mit Stolz:
Hannibal Furchtlos!
Er hatte keine Zeit mehr, zum Stammtisch zu gehen. Seine Kollegen, die er dort getroffen hatte, hatte er ja schon längst überflügelt. Er saß bereits in der Chef-

etage. Dort erkannte man bald seine Führungsqualitäten, sein ungeheures Organisationstalent, seinen immensen Eroberungsdrang. Man übertrug ihm die Gesamtleitung des Riesenunternehmens, er wurde Generaldirektor, wie Dschingis-Khan 1206 das Oberhaupt der Stammesfürsten geworden war. Nun lag alle Macht in seinen Händen. Er stürzte sich sofort in das Ostgeschäft. Es zog ihn nach Asien. Rußland und China sollten erobert werden. Seine Verkäuferhorden drangen bald bis an die Wolga und nach Nordchina vor. Die Mandschurei, Peking, Korea, Turkestan und der Iran fielen ihm zum Opfer.
Jede Konkurrenz wurde erbarmungslos niedergemetzelt. Im Nu hatte er ein riesiges Wirtschaftsimperium aufgebaut, in dem eine straffe und harte Disziplin herrschte. Hannibal Furchtlos wurde bald nur mehr »der Dschingis-Khan« genannt.
Eines Abends, als er etwas früher als gewöhnlich nach Hause kam, überraschte er seinen Enkelsohn bei der Lektüre seiner Dschingis-Khan-Biographie. Jahrelang hatte er dieses Buch versteckt gehalten, und immer wieder hatte er in seinem Arbeitszimmer, das außer ihm niemand betreten durfte, darin studiert.
»Wie kommst du zu diesem Buch?« herrschte er seinen Enkelsohn an.
»Aus dem Bücherschrank habe ich es genommen. Ich habe dich einmal beobachtet, wie du es hinter den anderen Büchern versteckt hast.«
»Wie kommst du in mein Arbeitszimmer?«
»Das verrate ich nicht.«
»So! Und wie lange liest du schon in diesem Buch?«

»Ich habe es schon fast ausgelesen.« Der Enkelsohn sah seinen Großvater treuherzig an. »Opa«, sagte er, »wenn du Dschingis-Khan bist, dann möchte ich Batu sein.«
»Batu?« Hannibal lächelte zufrieden. Batu war der Enkelsohn Dschingis-Khans. Als Heerführer zog er nach dem Westen, zerstörte Kiew, verheerte Polen, Schlesien und die Donauländer, vernichtete in der Schlacht bei Liegnitz 1241 das von Heinrich II. von Schlesien geführte polnisch-deutsche Ritterheer. Hannibal konnte beruhigt sein. Nun würde sich die Firma auch nach dem Westen hin ausbreiten. »Gut, mein Kind«, sagte er, »du sollst Batu sein.«
Von nun an nahm er die Erziehung seines Enkels ganz in seine Hände. Er schärfte seine Führungsqualitäten und seinen Eroberungsdrang, führte ihn schrittweise in die komplizierte Geschäftsgebarung ein – und als der Junge endlich das Alter erreicht hatte, in dem er ihm freie Hand geben konnte, segnete er ihn und übergab ihm das riesige Imperium. Er selbst ging in den Ruhestand.
Der Enkel setzte vehement die Eroberungspolitik seines Großvaters fort. Markt um Markt fiel in seine Hände. Hannibal aber begann in der Ruhe, die er nun hatte, zu grübeln. Gibt es nun eine Seelenwanderung oder nicht? Bin ich einmal wirklich Dschingis-Khan gewesen – oder habe ich nur von einer Einbildung gelebt? Je mehr ihn diese Gedanken quälten, um so mehr verlor er an Kraft. Und während sein Enkelsohn Konzern um Konzern unterwarf, während er unzählige kleine Firmen unter seiner Herrschaft zusam-

menschloß, glitt Hannibal langsam und leise wieder unter den Pantoffel. Dschingis-Khan war an einem 18. August verschieden und wurde am heiligen Berg Burchan-Chaldun beigesetzt.
An einem 18. August stand auch Hannibal vor einem Berg – vor einem Berg Wäsche – und begann wieder zu bügeln.

Es ist eine eigene Sache mit der Macht: Zuerst annektiert man sie, dann demonstriert man sie, und schließlich verliert man sie.

Werbung ist ein Trick, der den Konsumenten verleitet, Geld auszugeben, indem er ihm klarmacht, wieviel er dadurch spart. Wenn Ihr Geschäft nicht soviel trägt, daß Sie für Ihre Produkte Werbung machen können, dann werben Sie für Ihr Geschäft, damit es Ihnen einer abkauft. Es geht heute nichts ohne Werbung, nichts ohne

Werbefilme

Werben Sie, meine Damen und Herren, Werbung ist wichtig. Wenn Sie Ihre Werbung einstellen, um Geld zu sparen, ist es so wie wenn Sie Ihre Uhr abstellten, um Zeit zu sparen. Werbung hat es zu allen Zeiten gegeben. Schon Eva hat mit einem Apfel um Adam geworben. (Adam, der Qualitätsapfel, für den es sich lohnt, das Paradies zu verlieren.) Natürlich ist heute mit Obst nichts mehr zu erreichen. Heute wirbt man mit Einfamilienhäusern, mit Autos und Reisen. Selbstverständlich hat nicht jeder das Zeug zum Werbefachmann in sich. Wenn heute einer auf einen Tisch zeigt und sagt: »Das ist ein Tisch«, dann hat er in der Werbebranche nichts verloren. Ein Werbefachmann hat zu sagen: »Das ist ›Table‹, der Biotisch der Jahrtausendwende! Wissenschaftler haben ihn für Sie entworfen! ›Table‹, mit seinen vier umweltfreundlichen Beinen und seiner Cäsium abstoßenden Platte, ist familienfördernd! Gönnen Sie sich eine Mahlzeit an unserem ›Tablebiotisch‹, und es wird Sie emporheben in das Reich der Edelmenschen! Goethe war gut, ›Table‹ ist besser! Zaudern Sie nicht, gehen Sie noch heute zu Ihrem Möbelhändler und verlangen Sie ›Table‹, den Biotisch der Jahrtausendwende! Sie werden zufrieden sein, sagt Bruder Baum!« Worauf ein Damenquartett singt: »Alles schmeckt doppelt frisch – auf dem Tablebiotisch!«

Es ist klar, daß sich die Werbung nach und nach der Medien bemächtigt hat. Zuerst der Zeitungen, dann des Rundfunks und dann des Fernsehens. Am Anfang war es erträglich. In längeren Abständen wurden kurze Werbeblocks abgespielt, sonn- und feiertags gab es

keine Werbung. Das hat sich im Laufe der Zeit gründlich geändert. Die Werbeblöcke wurden immer länger, die Abstände zwischen ihnen immer kürzer, und das werbelose Fernsehen an Sonn- und Feiertagen hörte sich auf. Die Werbung hat sich in unser Leben eingeschlichen. Im Kaffeehaus verlangt man den aromatischen Fino-Schonkaffee rrröstfrisch, im Restaurant den hautfreundlichen Kalbsbraten mit dem gesundheitsbewußten Gurkensalat – und was das schlimmste ist: die Mütter wiegen ihre Kinder nicht mehr mit Brahms' »Guten Abend, gut' Nacht« in den Schlaf, sondern mit »Coca-Cola light.«
Und nun soll es noch ärger kommen. Es gibt ein Gerücht, demzufolge in Zukunft große Firmen große Filme sponsern sollen, wofür man ihnen gestatten wird, am Anfang und am Ende eines solchen Films ihr Werbesprüchlein zu sagen. Ich stelle mir das so vor: Der Moderator erscheint auf dem Bildschirm. »Meine Damen und Herren«, sagt er freundlich, »Ihr Weißwäschewaschpulver widmet Ihnen wie jeden Donnerstag eine Folge des spannenden, nervenzermürbenden Krimis: ›Wer ist der Mörder?‹ Es ist die zwanzigste Folge, aber ehe wir damit beginnen, habe ich Ihnen eine freudige Mitteilung zu machen: Weißwäschewaschpulver hat sich entschlossen, für Sie ein neues Produkt auf den Markt zu bringen: Das Weißweißwäschewaschpulver. Weißweißwäschewaschpulver wäscht Ihre Wäsche weißer und weicher als Weißwäschewaschpulver, ist hautfreundlicher als Weißwäschewaschpulver und billiger als Weißwäschewaschpulver. Nicht möglich, werden Sie sagen – und

doch: Bei Weißweißwäschewaschpulver ist eben alles möglich. Und das *ist* noch nicht alles. Weißweißwäschewaschpulver gibt es in einer um zehn Zentimeter größeren Trommel als Weißwäschewaschpulver, so daß Sie um fünfundzwanzig Prozent Weißweißwäschewaschpulver mehr bekommen, als Sie Weißwäschewaschpulver bekommen haben. Das wurde uns nur durch die Treue unserer Kundinnen ermöglicht, und dafür sollen Sie, meine Damen, belohnt werden. Wir laden Sie ein, mit uns eine Fahrt ins Blaue zu machen, wo Sie mit anderen Weißweißwäschewaschpulverfans ihre Erfahrungen sowohl über das alte Weißwäschewaschpulver als auch über das neue Weißweißwäschewaschpulver austauschen können. Natürlich soll auch Spaß dabei sein, und da haben wir uns etwas Lustiges einfallen lassen. Wir haben zwanzig Waschmaschinen bereitgestellt, Sie, meine Damen, bringen Ihre Wäsche mit, und nun wird jede Teilnehmerin die Wäsche einer anderen Teilnehmerin waschen, was wir uns sehr unterhaltend vorstellen. Die Siegerin unserer Weißweißwäschewaschpulverkonkurrenz, also die Dame, die zuerst mit der Wäsche fertig ist, bekommt einen Bon auf den Bezug unseres Weißweißwäschewaschpulvers für ein volles Jahr, aber auch die Verliererinnen werden nicht leer ausgehen – sie bekommen zehn Riesentrommeln unseres Weißweißwäschewaschpulvers. Nach Kaffee und Kuchen gibt es auch Spiele, wobei Sie weitere Trommeln mit Weißweißwäschewaschpulver gewinnen können.« Er redet und redet, bis er endlich sagt: »Und nun, meine Damen und Herren, bringt Weißweißwäschewasch-

WEISSWÄSCHE-
WASCHPULVER

pulver die zwanzigste Folge des spannenden Krimis: ›Wer ist der Mörder?‹«

Gott sei Dank, werden die Zuseher erleichtert seufzen. Der Bildschirm zeigt den Gesellschaftsraum eines alten Schlosses. Lord Spencer, ein zittriger Greis, sitzt in einem Fauteuil.

Ihm gegenüber sitzt seine Enkelin Gwendolyn.

»Good night, grandpa«, sagt sie und verläßt den Raum.

»Good night«, nickt der alte Lord.

Ein Schatten erscheint am Fenster.

Am Bildschirm aber erscheint wieder der Moderator und sagt: »Das war die zwanzigste Folge unseres Krimis ›Wer ist der Mörder?‹ Wem gehört der Schatten? Schalten Sie Ihr Gerät am nächsten Donnerstag wieder ein, und Sie werden es erfahren. Weißweißwäschewaschpulver bringt dann die einundzwanzigste Folge des spannenden Grusel-Thriller-Killer-Krimis: ›Wer ist der Mörder?‹«

Werbung, Werbung, Werbung! Werbung von A-Z. Vom bleifreien Apfelstrudel bis zum zahnsteinlösenden Zander und der jungen, fröhlichen Zischlimonade. Das schmmmeckt – wie hausgemacht.

Man wirbt für Produkte, die schmecken wie hausgemacht, bei heutigen Menschen, die nicht wissen, wie hausgemacht schmeckt.

Nachwort

Wozu? Nicht nur um dieses Buch harmonisch abzuschließen, sondern auch um meine Reue kundzutun. Ich bin nämlich, als ich das fertige Manuskript durchlas, draufgekommen, daß der Titel des Werkes nicht stimmt. Die von mir geschilderten Erlebnisse, Satiren und Kurzgeschichten können nicht nur mir, die können jedem passieren. Ihnen, Ihnen und Ihnen! Überall und zu jeder Zeit.

In diesem Sinne verabschiede ich mich also – das heißt, *eine* Sache möchte ich Ihnen noch erzählen:

Vor kurzem wurde ich auf einer Party einer reizenden Frau vorgestellt.

»Also, *Sie* sind der?« lächelte sie. »Ich habe Ihr letztes Buch gelesen.«

»Das freut mich«, sagte ich geschmeichelt. »Ich hoffe, es hat Ihnen gefallen?«

Keine Antwort.

»Sie werden doch schon Schlechteres gelesen haben?« fragte ich.

Wieder keine Antwort.

»Ich sagte«, wiederholte ich etwas lauter, »Sie werden doch schon Schlechteres gelesen haben?«

Drauf sie: »Ich habe Sie verstanden. Lassen Sie mich nachdenken.«

Das kann wirklich nur mir passieren.

Und somit stimmt der Titel:

Das kann nur mir passieren!